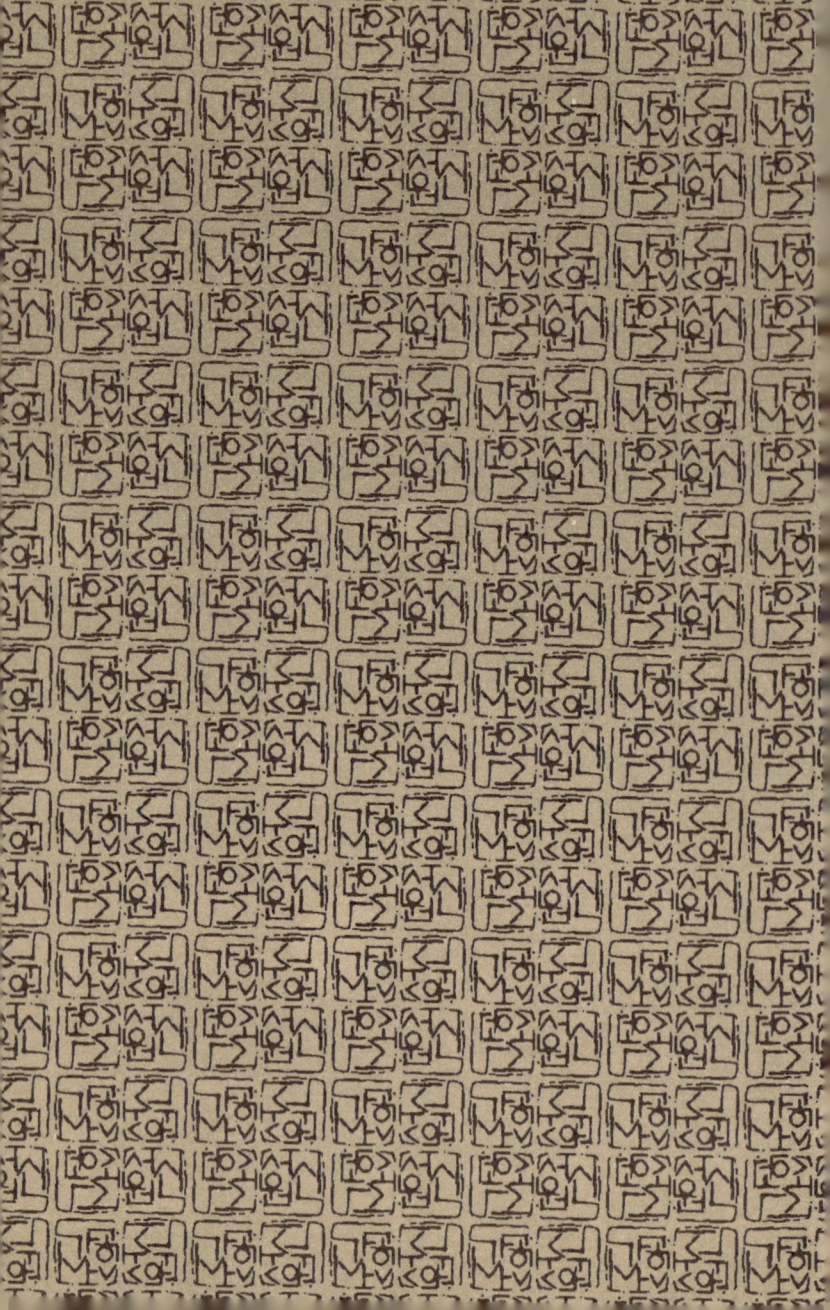

봉신연의 6

지은이 허중림
옮긴이 김장환

도서출판 신서원

역사여행22 봉신연의 6

2008년 6월 20일 초판1쇄 인쇄
2008년 6월 25일 초판1쇄 발행

지은이 • 許仲琳
옮긴이 • 김장환
펴낸이 • 임성렬
펴낸곳 • 도서출판 신서원
서울시 종로구 교남동 47-2 협신빌딩 209호
전화 : 739-0222·3 팩스 : 739-0224
등록번호 : 제300-1994-183호(1994.11.9)
ISBN 978-89-7940-722-8

신서원은 부모의 서가에서 자녀의 책꽂이로
'대물림'할 수 있기를 바라며 책을 만들고 있습니다.
잘못된 책은 연락주세요.

목차

60 마원이 하산하여 은홍을 돕다 ▪ 5

61 태극도에서 은홍이 절명하다 ▪ 33

62 장산과 이금이 서기정벌에 나서다 ▪ 61

63 신공표가 은교의 배반을 설득하다 ▪ 83

64 나선이 서기성을 불태우다 ▪ 113

65 은교가 기산에서 쟁기와 호미의 액을 당하다 ▪ 137

66 홍금이 서기성에서 크게 싸우다 ▪ 159

67 자아가 금대에서 장수에 임명되다 ▪ 179

68 수양산에서 백이·숙제가 주나라 군대를 막아서다 ▪ 209

69 공선의 병마가 금계령을 막아서다 ▪ 235

70 준제도인이 공선을 거두다 ▪ 263

馬元下山助殷洪

마원이 하산하여
은홍을 돕다

　황비호가 은홍과 크게 맞붙어 두 짐승이 뒤엉키고 창과 극이 교차하면서 싸우기를 20여 합, 황비호의 창법은 바람처럼 빠르고 번개처럼 몰아치면서 가슴속으로 날아들었기에 은홍은 막아낼 수가 없었다.

　이것을 보고 방홍이 말을 몰아 도우러오자, 서주 편에서는 황천록이 말을 달려 창을 휘두르면서 방홍과 대적했다. 또한 유보가 칼을 휘두르며 돌진하자, 황천작이 달려나와 막아섰다.

　또한 구장이 여러 장수들의 응전을 보고 역시 돌진

하자, 겨우 열네 살에 불과한 황천상이 "잠시 기다려라! 내가 간다!" 하면서 말을 몰아 창을 꼬나들고 나와 구장과 맞붙었다. 이어서 필환이 말을 달리면서 채찍을 휘두르자, 황천화가 쌍철추를 들고 맞섰다.

얼마 뒤 은홍은 황비호를 대적할 수 없자 방천극을 집어넣고 도주했다. 황비호가 추격하자 은홍이 음양경을 꺼내 흰빛을 비추었더니 황비호는 그만 말에서 굴러떨어졌다. 이것을 보고 정륜이 잽싸게 진 앞으로 뛰어나와 황비호를 낚아채 갔다.

황천화는 부친이 낙마하는 것을 보자 필환을 내버려 두고 부친을 구하러 쫓아왔다. 은홍은 황천화가 옥기린을 타고 있었음을 보고 그가 도덕지사道德之士임을 알아차렸다. 은홍은 그에게 먼저 당할까 생각이 들어 급히 거울을 꺼내 이전처럼 비추었다. 황천화도 말안장에서 고꾸라져 역시 사로잡혔다. 은홍은 단 한 차례 싸움으로 두 장수를 사로잡았으므로 승전고를 울리며 진영으로 돌아갔다.

그러나 구장은 황천상의 나이가 어리다고 깔보다가 불의에 왼쪽 넓적다리를 찔리고서 진영으로 패주했다.

황비호 부자는 다섯 명이 성을 나갔다가 두 명은 사로잡혀가고 세 명만 남아 승상부로 돌아와 울면서 자아에게 보고했다. 자아가 깜짝 놀라며 그 까닭을 물으니 황천작 등이 정황을 고했다.

"은홍이 무슨 거울을 꺼내 비추고서 곧장 사로잡아 갔습니다."

자아는 몹시 낙심했다.

은홍은 진영으로 돌아와 하명했다.
"사로잡은 두 장수를 끌고 오너라."

은홍은 의기양양 자기의 도술을 과시하면서 거울을 꺼내 붉은 쪽을 두 사람에게 비추었다. 황가 부자가 두 눈을 비비고 떠보니 몸은 이미 밧줄에 꽁꽁 묶여 있었다. 군막 앞에 끌려왔을 때, 분노가 극에 달한 황천화의 몸 속의 삼시신三尸神이 마구 날뛰고 일곱 구멍에서는 연기가 뿜어나왔다.

황비호가 말했다.
"네놈이 둘째전하일 까닭이 없지!"

은홍이 소리쳤다.
"그대는 어찌하여 내가 둘째전하가 아니라 하는가?"

"네놈이 만약 둘째전하시라면 아무리 세월이 흘렀다 한들 내가 무성왕 황비호라는 것을 어찌 알아보지 못하겠나? 전하라면 내가 십리정十里亭에서 놓아주고 궐문 앞에서 구해 주었던 당시의 일을 기억하시지 못할 이가 없지 않은가?"

은홍은 황비호의 말을 듣더니 "아!" 하는 탄성과 함께 소리쳤다.

"장수가 바로 대은인인 황 장군이시구려!"

은홍은 황급하게 군막의 전상에서 내려와 친히 그의 포박을 풀고 이어 황천화도 풀어주라고 명했다. 은홍이 말했다.

"무성왕은 어찌하여 서주로 투항하셨소?"

황비호가 공손히 몸을 굽히며 말했다.

"전하께 아룁니다. 신은 부끄러워 입에 담지 못하겠습니다만 천자가 무도하게도 신의 처를 희롱하여 죽게 했기에 어둠을 버리고 밝음을 좇아 서주의 군주에게 귀순하게 되었습니다. 또한 천하는 셋 가운데 둘이 이미 서주에 귀속되었으며, 많은 제후들이 모두 신복하고 있습니다."

황비호는 더욱 겸손하게 말했다.

"천자는 열 가지 큰 죄악을 저질러 천하에 죄를 얻었습니다. 원로대신을 죽여 육장을 담그고, 행실이 올바른 선비를 포락형炮烙刑에 처하고, 현명한 신하의 심장을 도려내고, 처자식을 살육하고, 방탕무도하고, 주색에 빠져

음란하고, 높고 화려한 누각을 축조하고, 토목공사를 무리하게 강행했습니다. 이러하니 하늘이 근심하고 백성들이 원망하면서 천하가 모두 그와 더불어 살아가기를 원치 않습니다. 이것은 전하께서도 잘 아시는 사실이 아닙니까? 지금 전하께서 우리 부자를 풀어주시니 이보다 더 큰 은혜는 없을 것입니다."

정륜이 옆에 있다가 급히 저지하며 말했다.

"전하! 황가부자를 함부로 풀어주어서는 안됩니다. 저들은 일단 돌아가면 다시 악인을 도와 모반할까 걱정되오니, 청컨대 전하께서는 깊이 헤아리소서."

은홍이 웃으면서 말했다.

"황 장군은 옛날 우리 형제의 두 목숨을 구해 주었으니 오늘 그 은혜를 갚는 것이 마땅하오. 오늘은 한번 풀어주지만 다시 한번 사로잡히면 그땐 반드시 국법으로 다스리겠소."

이어서 좌우에 명했다.

"장군의 도포와 갑옷을 돌려드리도록 하라."

다시 은홍이 말했다.

"황 장군! 오늘의 일로 지난날에 은혜를 이미 갚았으니 이후에는 결코 다른 말을 하지 마시오. 다시 만날 때는 스스로 근심을 초래하지 않도록 각별히 유념하기 바라오!"

황비호는 감사드리고 진영을 나왔다. 풀려나와 성으로 들어온 황비호 부자는 자아를 뵈니 크게 기뻐하며 물었다.

"장군은 사로잡혀 갔는데 어떻게 그 곤경을 벗어날 수 있었습니까?"

황비호가 전후사정을 말하자 자아가 크게 기뻐했다.

"이른바 '하늘이 길인吉人을 돕는다'는 말 그대로입니다."

한편 정륜은 황씨부자가 풀려나는 것을 보고 마음이 어두워 은홍에게 말했다.

"전하! 그들은 이번에 두번째 잡혀온 것이니 결코 가볍게 처리해서는 안됩니다. 그들은 전번에 신에게 사로잡혀 왔었는데 몰래 도주하여 돌아갔습니다. 그러니 이번에는 마땅히 잘 헤아려야 할 줄로 압니다."

"그가 일찍이 나를 구해 주었으니 내가 그에게 보답하는 것이 마땅하오. 그러나 결국 그는 나의 손아귀에서 벗어나지 못할 것이오."

다음날 은홍은 여러 장수들을 거느리고 성 아래로 가서 자아에게 나와 답하라고 청했다. 보고가 있자 자아가 문인들에게 말했다.

"오늘 은홍을 만나면 모름지기 그가 무슨 거울을 사용하는지 알아볼 것이니라."

이윽고 대오를 갖추라는 명이 내려지자, 포성과 함께 깃발을 펄럭였다. 성을 나선 기병들이 쌍을 이루어 좌우로 늘어섰고 여러 문인들이 기러기 날개모양으로 도열했다. 은홍이 말 위에서 화극을 겨누고서 말했다.

"강상은 어찌하여 반란을 일으키는가? 그대 역시 일찍이 은상의 신하였는데 하루아침에 은혜를 저버렸으니 심히 한스럽도다!"

자아가 몸을 굽히며 말했다.

"전하께서 하신 말씀은 옳지 않습니다! 임금된 자가 위에서 행하시면 아랫사람들이 그것을 본받는 것이니, 그 자신이 바르면 명령을 내리지 않아도 저절로 시행되지만 그 자신이 올바르지 못하면 비록 명령을 내리더라도 따르지 않는 법입니다. 명령한 바가 사람들이 좋아하는 바에 어긋난다면 백성들이 누가 기꺼이 믿으려 하겠습니까? 천자께서 무도하기 때문에 백성이 근심하고 하늘이 원망하여 천하가 모두 원수로 여기고서 함께 반기를 든 것입니다. 어찌 서주가 일없이 황명에 반역하리까? 지금 천하가 서주에 귀속된 것은 천하사람들이 모두 신복하고 있는 바인데도, 전하께서는 어찌하여 하늘을 거역하고 강포한 자들의 편을 드십니까?"

은홍이 크게 소리쳤다.

"누가 저 강상을 사로잡아 오겠는가?"

왼쪽 대열에 있던 방홍이 대갈일성하면서 말을 몰아 진 앞으로 달려나갔다. 은장간銀裝鐧 두 자루를 휘두르며 돌진하자, 나타가 풍화륜에 올라 창을 휘두르면서 막았다. 또한 유보가 말을 달려 싸우러 나오자 황천화가 가로막았다. 필환이 응전하러 나오자 양전 또한 막아섰다.

이때 소호가 아들 소전충과 함께 원문에서 바라보니, 은홍이 말을 몰아 자아와 싸우는 것이 보였다.

양편에서 울리는 징과 북소리는 천지를 진동시키고 내지르는 함성소리는 천지를 들끓게 했다. 자아는 은홍과 서너 합쯤 싸운 뒤 타신편을 들어 은홍을 내리쳤으나, 은홍은 자수선의紫綬仙衣를 안에 받쳐입고 있었으므로 타신편을 몸에 맞고서도 끄떡없었다.

자아는 황급히 타신편을 거두었다. 나타는 방홍과 싸우다가 급히 건곤권을 던져 방홍을 말에서 떨어뜨리고 다시 옆구리를 창으로 찔러 죽였다.

은홍은 방홍이 찔려 죽는 것을 보고 소리쳤다.

"이 간악한 놈! 감히 내 수하를 해치다니!"

은홍은 자아를 버려두고 급히 달려와 나타와 싸웠다.

화극과 창이 뒤엉키면서 일대 접전이 벌어졌다.

양전은 필환과 싸운 지 몇 합 안되어 효천견을 풀어 필환을 물게 했는데, 필환은 부상의 고통으로 머리를 움츠리면서 달리 손을 쓰지 못하다가 다시 양전이 휘두른 칼에 맞아 가련하게도 비명에 죽었다.

은홍은 나타와 싸우다가 급히 음양경을 꺼내 나타에게 비추었다. 나타가 잠시 방향을 분간하지 못하고 허우적거릴 때 잽싸게 거울을 다시 그에게 비췄다. 그러나 나타는 연꽃의 화신으로서 피와 살로 된 몸이 아니었으니 어떻게 거울을 비춰 그를 죽일 수 있었겠는가?

은홍이 연속해서 거울을 비췄으나 전혀 효험이 없었다. 은홍은 다급해져서 그냥 맞붙어 싸울 수밖에 없었다.

그때 양전이 은홍이 음양경을 들고 있는 것을 보고 황급히 자아에게 말했다.

"사숙께서는 빨리 후퇴하십시오. 은홍이 들고 있는 것은 음양경이 틀림없습니다. 또한 제자가 방금 전에 살펴보니 은홍이 타신편에 맞았으나 조금도 부상당하지 않는 것으로 미루어 틀림없이 몸을 보호하는 비밀스런 보물이 몸 안에 있을 것입니다. 또한 방금 은홍이 음양경을 나타에게 비추었으나 다행히 나타는 피와 살로 된 몸이 아닌지라 전혀 탈이 없었습니다."

자아가 듣고 나서 급히 등선옥에게 명하여 몰래 돌로써 나타를 도와 공을 이루도록 했다. 등선옥은 명을 받고 말을 달려나가면서 오광석五光石을 손에 들고 은홍을 향해 내던졌다. 손을 뻗어 돌을 발사하는 도술은 참으로 감탄할 만하니, 은홍이 어떻게 얼굴에 푸른 멍이 드는 것을 면할 수 있으리!

 은홍은 나타와 대접전을 벌이느라 등선옥이 내던진 돌을 미처 방비하지 못하고 얻어맞았다. 이윽고 얼굴에 멍이 들고 눈이 퉁퉁 부어올라 "으윽!" 하는 비명과 함께 말을 돌려 도주했다.

 그때 나타가 창을 비껴들고 은홍의 가슴을 향하여 찔렀으나 자수선의를 입고 있었으므로 창끝이 전혀 들어가지 않았다. 나타는 크게 놀라 감히 더 이상 추격하지 못했다.

 자아는 승전고를 울리면서 성으로 돌아갔다.

 은홍은 패하여 대진영으로 돌아와 보니 얼굴이 온통 멍이 들고 부어올라 있었으므로 이를 갈면서 자아를 증오했다.

 "오늘의 치욕을 갚지 못한다면 그건 대장부가 아니다!"

 한편 은안전에 돌아온 양전이 자아에게 아뢰었다.

"방금 전에 제자가 싸우면서 은홍이 들고 있던 것을 보았는데 틀림없는 음양경이었습니다. 오늘 만약 나타가 아니었다면 반드시 여러 사람이 당했을 것입니다. 제자가 태화산으로 가서 적정자 사백을 만나뵙고 어찌된 영문인지 알아보고 오겠습니다."

자아는 한동안을 생각하다가 비로소 떠나도록 허락했다.

양전은 서기를 떠나 토둔법을 빌어 바람처럼 태화산에 이르렀다. 그런 다음 둔법을 거두고서 곧장 운소동으로 들어갔다. 양전이 동부로 들어오는 것을 보고 적정자가 물었다.

"양전아, 그대는 여기에 무슨 일로 왔는가?"

양전이 예의를 마치고 아뢰었다.

"사백님, 제자가 찾아뵙는 것은 다름이 아니라 음양경을 강 사숙께 빌려주실 것을 청하러 왔습니다. 그것으로 잠시 성탕의 대장을 격파한 뒤에 돌려드리도록 하겠습니다."

"전날에 은홍이 그것을 갖고 하산할 때 그에게 자아를 도와 천자를 공벌하라고 분부했는데, 설마 그가 그 보물을 갖고 있지 않다고 말한 것은 아니겠지?"

"제자는 바로 은홍 때문에 온 것입니다. 은홍은 서주

에 귀순하지 않고 지금 도리어 서기를 정벌하러 나섰습니다."

적정자는 양전의 말을 듣고 나서는 발을 구르며 한탄했다.

"내가 사람을 잘못 보았도다! 동부 안에 있는 진귀한 보물을 모두 은홍에게 주고 말았으니 어쩌면 좋단 말이냐! 믿지 못할 것이 사람이란 말인가? 그 짐승 같은 놈이 도리어 화란을 일으킬 줄을 어찌 알았으리!"

적정자가 양전에게 말했다.

"그대는 먼저 돌아가거라. 내가 곧 뒤따를 것이다."

양전은 적정자에게 작별인사를 하고 곧 서기로 돌아왔다. 자아가 물었다.

"그래, 태화산에 가서 너의 사백을 뵈었더니 뭐라 말씀하시더냐?"

"짐작했던 대로 과연 사백의 문하인 은홍이었습니다. 사백께서 뒤이어 곧 오시겠다 하셨습니다."

자아는 마음이 몹시 초조했다.

사흘이 지나서 수문관이 전 앞에 이르러 보고했다.

"적정자 어른께서 당도하셨습니다."

자아가 황급히 승상부 문 앞에까지 나가 맞이했다.

두 사람이 손을 붙잡고 전에 오르자 적정자가 말했다.

"자아공! 빈도가 방심하였소이다. 내가 은홍을 하산시킨 것은 공을 도와 함께 5관으로 진격하여 그 짐승 같은 놈을 옛 땅으로 돌아가게 하려는 것이었는데, 그놈이 나의 말을 저버리고 도리어 화란을 일으킬 줄을 어찌 알았겠소?"

"도형께서는 어쩌자고 음양경까지 그에게 주셨습니까?"

"빈도는 진기한 보물들을 모두 은홍에게 주었소. 그가 조가로 진격할 때 장애가 있을까 걱정되어 또한 몸을 보호하도록 자수선의까지 주어 칼날과 물과 불의 재앙을 피할 수 있게 해주었소. 그런데 그 못된 놈이 누구의 사주를 받았던지 중도에 생각을 바꾸고 말았던 모양이오. 그러나 아직 사단이 크지는 않은 듯하니 내가 내일 그놈을 서기로 들어오게 하여 속죄시킬 것이오."

다음날 적정자는 성을 나가 군영에 이르러 소리쳤다.

"원문의 군사는 들어가 전하라. 은홍이더러 나와서 나를 만나라고."

이때 은홍은 상처를 치료하면서 절치부심하며 돌에 얻어맞은 원한을 갚으려는 궁리에 빠져 있었는데, 갑자기 군사의 보고가 들어왔다.

"어떤 도인이 와서 전하를 부르면서 나와 답하라고 합

니다."

 사부가 올 줄은 생각지도 못했던 은홍은 유보와 구장을 대동하고 즉시 말에 올라 포성을 울리면서 일제히 원문을 나섰다. 은홍은 사부를 보자마자 몸둘 바를 몰라 하면서 허리를 숙인 채 아뢰었다.

 "사부님, 제자 은홍은 무장을 갖추고 있어 온전한 예를 행하지 못하오니 용서바랍니다."

 "은홍아, 너는 동부에서 나에게 뭐라 말했더냐? 그런데 지금 도리어 서기를 정벌하니 이 무슨 도리더냐? 사내라면 입으로 한 맹세를 지켜야지 어찌 이리 무례하더냐. 지금이라도 지키지 않으면 사지가 재가 되어 날아가 버릴 것이니라! 얼른 말에서 내려 나를 따라가 어제의 죄를 용서받으라. 그래야 재가 되어 날아가는 화를 면할 수 있을 것이니라."

 "사부님, 제자가 아뢰는 말을 들어보십시오. 소생 은홍은 천자의 아들인데 어떻게 '도리어 주무왕을 돕겠습니까? 옛말에도 '자식은 아비의 잘못을 말하지 않는다'고 했습니다. 그런데 어찌 감히 역적의 무리를 좇아 아비를 죽일 수 있겠습니까? 설사 신선이나 부처라 할지라도 먼저 삼강오륜을 지켜야만 비로소 그 인품을 논할 수 있습니다. 또한 옛말에 '선도仙道를 닦기 전에 먼저 인도人道

를 닦아야 하니 인도가 완전치 못하면 선도는 멀어질 뿐이다'라고 했습니다. 그리고 사부께서 제자를 가르치실 적에 선불仙佛을 이루는 것은 논하지 않으셨으며, 또한 윤리를 거역하고 아비를 해치는 자식이 되라고 가르치지도 않으셨습니다. 지금 이 말씀을 사부께 삼가 고하오니 사부께서는 어떻게 저를 가르치는 게 마땅하다고 생각하십니까?"

적정자가 비웃듯이 꾸짖었다.

"짐승 같은 놈! 누구의 꾐에 빠졌는지는 모르지만, 혓바닥에 아니 올리는 말이 없을 정도로 말만 늘었구나! 들어보아라. 천자는 윤강을 멸절시키고 잔인무도하여 충신들을 젓 담으면서 아무런 거리낌이 없이 음탕하고 흉악한 짓을 일삼고 있다. 하늘이 은상을 버린 지 오래이니 서주무왕을 내세워 천자의 지위를 잇게 하시는 것이다. 이는 천심이 따르고 백성들이 좇는 바이다. 네가 서주를 돕는다면 성탕의 일맥을 이어갈 수 있을 것이나, 네가 만약 나의 말을 듣지 않는다면 천명이 이미 정해져 있으므로 천자가 저지른 온갖 죄악의 형벌이 자손에까지 미칠 것이니라. 어서 속히 말에서 내려 지난 잘못을 참회하도록 하라. 그러면 내가 반드시 너의 잘못을 용서해 줄 것이니라."

은홍이 말 위에서 정색하며 말했다.

"사부님은 돌아가십시오. 일찍이 사부께서는 불충과 불효의 일을 사람들에게 가르치신 적이 없으니 제자는 그 명을 따르기가 실로 어렵습니다! 제자가 서기의 반역도들을 격파한 뒤에 다시 사부님을 찾아뵙고 죄를 청하겠습니다."

적정자가 대노했다.

"이 짐승 같은 놈이 스승의 말을 듣지 않고 감히 이처럼 방자하게 구느냐!"

적정자가 검을 빼어들고 달려들자 은홍이 화극으로 막으면서 고했다.

"사부께서는 어찌하여 자아만을 위하시고 제자를 해치려 하십니까?"

"주무왕은 바로 천명을 받으신 군왕이며 자아는 서주를 보좌할 충신인데, 너는 어찌하여 하늘을 거역하고 포악함을 행하려 하느냐!"

다시 보검을 들고 내리치자 은홍이 또한 검으로 막으면서 말했다.

"사부님! 나와 당신에게는 사제지간의 정이 있는데 당신은 지금 스스로 그 정리를 잃고서 화를 내시니, 당신과 나 사이의 사제지간의 정은 어디에 있습니까? 만약에 사부께서 편벽된 생각을 고집하여 화를 내신다면, 그땐 애석하게도 제자를 가르쳐 주신 지난날의 정이 그림의 떡이 되고 말 것입니다."

적정자가 노발대발하며 욕했다.

"배은망덕한 놈! 어리석게도 간교한 말만이 입에 발렸구나!"

다시 검을 들어 내리치자 은홍이 얼굴에 불같은 노기를 띠면서 말했다.

"사부님, 당신께서 고집을 부리시지만 제가 세 차례나 양보했으니 이젠 스승에 대한 예의를 다했습니다. 한번만 더 공격하시면 더 이상 양보하지 않겠습니다!"

적정자가 대노하여 다시 공격하자 은홍도 손을 뻗어 정면으로 대결했다.

은홍이 몸을 돌려 사부와 싸움을 벌인 것은 이미 천명을 거역한 것이었다. 싸운 지 몇 합이 안되어 은홍이 음양경을 꺼내 적정자에게 비추려 하자, 적정자는 그것을 보고 얼른 종지금광법縱地金光法을 빌어 서기성으로 도주했다.

자아가 그를 맞이하여 자세한 사정을 물으니 적정자가 종전의 일을 말해 주었다. 여러 문인들은 모두 그의 말에 납득이 가지 않는 듯 말했다.

"적장자 스승께서는 실수가 너무 크십니다. 세상천지에 어떤 제자가 사부와 대적한단 말입니까?"

적정자는 무어라 대답할 말이 없었다. 단지 그저 답답해 하고 있을 뿐이었다.

은홍은 사부조차도 도주하는 것을 보자 기고만장하여 중군에서 소호와 함께 서기를 격파할 계책을 의논하고 있었는데 문득 원문의 군사가 보고했다.

"어떤 도인이 와서 뵙고자 합니다."

"모시도록 하라."

진영 밖에서 한 도인이 들어왔는데, 키는 8척쯤 되고 얼굴은 오이껍질 같았다. 큰 입에 날카로운 이빨을 드러내고 대홍포를 입고 있었다. 또한 목에는 사람의 뼈로 만든 염주를 걸고 있었고 사람의 반쪽 두개골로 만든 금양표金鑲瓢를 걸고 있었다. 연신 눈·귀·코에서는 불꽃이 뿜어져 나와 마치 흉악한 뱀이 혓바닥을 날름거리는 것 같았다.

은홍은 여러 장수들과 함께 그 모습을 보고 소스라치게 놀랐다. 그 도인이 군막으로 들어와 머리를 조아리면서 말했다.

"어느 분이 은홍 전하이십니까?"

은홍이 대답했다.

"내가 은홍이오. 도인은 어느 명산 어느 동부에서 오셨소이까? 무슨 분부하실 일이라도 있으십니까?"

"나는 바로 고루산骷髏山 백골동白骨洞의 일기선인一氣仙人 마원馬元입니다. 신공표를 만났더니 나에게 하산하여 전하를 도우라고 청했습니다."

은홍은 크게 기뻐하며 마원을 자리에 올라앉도록 청한 뒤에 물었다.

"도인께서는 채식을 하십니까, 육식을 하십니까?"

"나는 육식을 합니다."

은홍은 명을 내려 군중에 주연을 마련케 하여 마원을 접대했다.

다음날 마원이 은홍에게 말했다.

"빈도가 이미 도우러 왔으니 오늘은 마땅히 나가서 강상을 만나보겠습니다."

은홍이 감사의 말을 하자 도인은 서기성 아래에 이르러 자아에게 나와서 답하라고 청했다. 군졸들이 승상부로 들어가 이를 보고했다.

"성 밖에 한 도인이 와서 승상께 나와 답하라고 청하고 있습니다."

자아가 탄식하며 말했다.

"아직 올 것이 남아 있구나! 이미 36로路에서 대적하러 오는 재액을 당하게 되어 있으니 그를 만나보는 것이 마땅하도다."

이어서 명을 내렸다.

"대오를 갖추라. 성을 나가리라!"

자아가 여러 장수들과 문인들을 거느리고 성을 나가니 한 도인이 마주 보였는데 생김새가 매우 흉측했다. 자아가 진두에 이르러 물었다.

"도인의 이름은 무엇이오?"

"나는 일기선인 마원이오. 신공표가 나에게 하산하여 은홍을 도와 천자를 거역한 대악을 함께 무찌르라고 청했소. 강상! 그대의 천교가 오묘하다고 말하지 마시오. 내가 그대를 사로잡으러 특별히 왔으니 우리 절교와 한번 겨뤄봅시다."

"신공표는 나의 해악거리요. 은홍이 그의 말에 넘어가 사부의 가르침을 저버리고 천명에 거역함이 막심하구려. 지금 극악무도한 임금 편에 서서 도리어 도덕이 높으신 군주를 정벌하러 나섰소. 도인은 이미 고명하신 분인데 어찌하여 천심과 인심에 순종하지 않고서 일을 그르치려 하시오?"

마원이 웃으면서 말했다.

"은홍은 천자의 친자식인데도 오히려 그가 천명을 거

역하는 일을 일삼는다고 말하며, 거꾸로 그대들을 도와 그 아비에게 반역해야만 비로소 천심과 인심에 순응하는 것이라 하니 참으로 한심스럽소. 강상! 그대는 옥허문하로서 자칭 도덕지사라 자부하지만, 그러한 헛소리를 늘어놓기만 하니 아비나 임금은 안중에도 없는 불한당에 지나지 않소! 내가 그대를 주살하지 않고 다시 누구를 기다리겠소!"

마원이 말을 마치고 검을 뽑아 달려들자 자아가 손에 든 검으로 가로막았다. 몇 합 맞붙은 뒤에 자아가 타신편을 휘둘렀으나, 마원은 봉신방에 이름이 없는 사람이었으므로 손을 뻗어 날아오는 타신편을 붙잡아 표피낭 속에 집어넣었다. 자아는 이것을 보고 소스라치게 놀랐다.

한참 싸우고 있을 때 갑자기 어떤 사람이 말을 타고 진두에 나섰다. 그는 봉시회鳳翅盔를 쓰고 금쇄갑金鎖甲에 대홍포를 걸쳤으며 백옥혁대를 두르고 자화류紫驊駵 검은 갈기 말을 타고 있었다. 그가 대갈일성했다.

"승상, 내가 나갑니다!"

자아가 살펴보니 바로 진주秦州의 운량관인 맹호대장군 무영武榮이었다. 그는 식량을 싣고 여기에 이르렀다가 성 밖에서 싸움이 벌어진 것을 보고 도우러 온 것이었다.

그는 곧장 군진 앞으로 돌진하여 칼을 휘두르면서 싸웠다. 마원은 무영의 칼을 막아내지 못하여 마치 산이 무너지고 땅이 갈라지는 듯이 점점 지탱할 기력이 없어졌다.

그때 마원이 주문을 읊으면서 "빨리!"라고 소리치자, 갑자기 등뒤에서 손 하나가 뻗어나왔는데 다섯 손가락은 마치 다섯 개의 커다란 동과_{冬瓜} 오이 같았다. 그것으로 무영을 공중으로 집어올렸다가 땅으로 내팽개친 뒤에, 한쪽 발로 무영의 허벅지를 밟고 두 손으로 무영의 한쪽 다리를 잡아당겨 몸을 두 쪽으로 확 찢어버렸다. 그리고 나서 피가 뚝뚝 흐르는 심장을 꺼내 자아와 그의 문인들과 여러 주나라 장수들에게 내보이며 우적우적 씹어서 삼켰다.

그가 또 소리쳤다.

"강상! 너도 붙잡히면 역시 이런 꼴이 될 것이다!"

이것을 본 장수들은 겁을 먹고 혼비백산했다. 마치 자기들의 몸이 찢겨나간 듯한 느낌이었다. 마원이 검을 치켜들고 또 싸움을 걸어오자 토행손이 소리쳤다.

"마원은 잠시 흉악한 짓을 멈추어라. 내가 간다!"

토행손이 커다란 몽둥이를 휘둘러 마원을 한 방 먹였다. 마원이 살펴보니 한 난장이가 악을 쓰고 있는지라 웃으면서 물었다.

"너는 또 무엇 하러 나왔느냐?"

"너를 잡으러 특별히 왔다."

토행손이 또 몽둥이를 휘두르자 마원이 대노하여 "이 못된 놈!" 하면서 옷을 걷어붙이고 성큼 달려들어 검으로 아래를 향해 내리쳤다.

토행손은 몸놀림이 재빨랐다. 그는 어느새 마원의 몸 뒤로 파고들어 들고 있던 몽둥이로 마원의 허벅지로부터 허리까지 연거푸 일고여덟 번을 두들겼다.

마원은 이리저리 막았으나 헛수고일 뿐 근골이 노곤해지도록 두들겨 맞았다. 토행손이 급소를 후려치는 것을 어떻게 막을 수 있겠는가? 마원은 조급한 마음으로 재빨리 진언을 읊어 하나의 신수神手를 뻗어나오게 하여 그것으로 토행손을 집어올렸다가 땅에 내동댕이쳤다.

그러나 토행손은 땅에 떨어지자마자 곧바로 사라져 버렸다. 마원은 토행손에게 지행술地行術이 있다는 것을 미처 몰랐던 것이다. 마원이 말했다.

"분명히 땅에 내동댕이쳤는데 어찌하여 그림자조차 보이질 않는가?"

등선옥이 말 위에서 보니 마원이 토행손을 집어던졌으나 사라져버리자 땅 위를 열심히 찾고 있었다. 이 틈에 등선옥은 급히 오광석을 꺼내 힘껏 던졌다. 마원은 미처 방비하지 못하고 얼굴에 돌을 얻어맞아 번갯불이 번뜩이는 듯했다. 마원은 "으윽!" 하면서 얼굴을 감싼 채 욕지거리를 퍼부었다.

"어떤 놈이 간계를 써서 나를 해치려 하느냐?"

그때 양전이 말을 몰아 칼을 휘두르면서 곧장 달려들자 마원은 검으로 양전과 대적했다. 그러나 양전의 칼솜씨는 나는 번개처럼 재빨라서 마원은 양전의 삼첨도三尖刀를 막아내지 못했다. 하는 수 없이 마원은 다시 진언을 외어 그 신수神手를 드러내어 양전을 공중으로 들어올렸다가 땅에 집어던졌다.

양전은 그만 즉사하고 말았다. 마원은 무영을 찢어 죽인 것처럼 양전의 심장을 꺼내 피를 뚝뚝 흘리면서 먹어치웠다. 그런 다음 마원이 자아를 가리키며 말했다.

"잠시 너를 하룻밤 더 살려두겠다. 내일 다시 너를 잡으러 오마."

마원은 진영으로 돌아갔다.

은홍은 마원의 도술이 신기하고 사람의 심장을 먹는 흉악한 행동조차도 마음속으로 기뻐했다. 승전고를 울리면서 진영으로 돌아가 주연을 베풀어 대소 군관들과 함께 초경이 될 때까지 마셨다.

자아는 성으로 돌아와 생각했다.

'오늘 마원이 흉악하게도 사람의 심장을 생으로 먹는 것을 보았는데, 일찍이 이렇게 기이한 사람을 본 적이 없다. 하지만 무영과는 달리 양전은 비록 그렇게 되었지만 아직 그 길흉은 알 수 없는 일이다.'

  자아는 양전의 변신술을 익히 잘 알고 있어 한 가닥 기대를 버리고 있지는 않았지만, 긴장이 되어 마음을 놓을 수가 없었다.

  한편 마원은 은홍 전하와 함께 술을 마시고 있었는데 2경쯤 되었을 때 마원의 두 눈썹이 찌그러들면서 코끝에서 땀이 흘러내렸다. 이것을 보고 은홍이 물었다.

  "도인께서는 어찌 그러십니까?"

  "배가 아파서 그럽니다."

  정륜이 옆에서 말했다.

  "필시 사람의 심장을 생으로 먹었으므로 배가 아픈 것입니다. 뜨거운 술을 몇 잔 마시면 자연히 아무 탈이 없을 것입니다."

  마원이 뜨거운 술을 가져오게 하여 마셨으나 마실수록 더욱 아프기만 했다. 그러다가 마원은 갑자기 비명을 지르더니 땅에 쓰러져 뒹굴면서 소리쳤다.

  "아이고, 나 죽겠네!"

마원의 뱃속에서 꼬르륵 하는 소리가 들리자 정륜이 말했다.

"스승의 뱃속에서 소리가 나니 후영으로 가서 대변을 보시면 혹시 괜찮을지도 모르겠습니다."

마원은 하는 수 없이 뒷간으로 갔다. 양전이 팔구원공 八九元功의 변화무쌍한 묘법을 부려 한 알의 기이한 단약으로 마원을 3일 동안 설사하게 할 줄을 어찌 알았겠는가? 이로 인해 마원은 몸이 홀쭉할 정도로 수척해졌다.

마원은 설마 양전이 자기 뱃속에서도 살아 있을 줄은 몰랐던 것이다. 마원의 몸을 빠져나온 양전이 서기로 돌아와 자아를 뵙고 일어난 일을 갖추어 말하자 자아가 크게 기뻐했다.

"제자가 남몰래 한 알의 단약으로 마원의 형신形神과 원기를 상실케 했으니 이제 다시 그를 처치할 방법을 강구하십시오. 아마도 그는 육칠 일 동안은 싸움하러 나올 수 없을 것입니다."

이렇게 얘기하고 있을 때 갑자기 나타가 들어와 보고했다.

"문수광법천존께서 납시었습니다."

자아가 황급히 맞이하여 은안전에서 예의를 마쳤으며 적정자도 머리를 조아리며 내려앉았다. 광법천존이 말했다.

"축하하오, 자아공! 금대에서 장수에 임명될 길일이 가까워 왔소!"

자아가 말했다.

"지금 은홍이 사부의 말씀을 어기고서 소호를 도와 서기를 정벌하러 왔기 때문에 백성들이 불안에 떨고 있습니다. 또한 흉악하고 잔인하기 짝이 없는 마원이 있어서 불초 소생은 바늘방석에 앉아 있는 것 같습니다."

"자아공, 빈도는 마원이 서기를 정벌하러 왔다는 소문을 듣고 당신이 3월 15일 장수에 임명될 때를 놓칠까 봐 걱정되어 작정하고 마원을 잡으러 왔소. 그러니 자아공은 안심해도 될 것이오."

자아가 크게 기뻐하면서 말했다.

"만약 도형께서 도와주신다면 그것은 강상의 큰 기쁨일 뿐만 아니라 나라에도 진실로 다행스런 일이 될 것입니다! 어떤 계책으로 그를 다스리려 하십니까?"

광법천존이 자아의 귀에 대고 계책을 말했다.

자아가 급히 양전에게 명하여 법지法旨를 받들게 하자 양전은 명을 받고 계책을 도우러 떠났다.

그날 오후가 되어 자아는 사불상을 타고 혼자서 성탕의 원문 밖에 이르렀다. 그러고는 마치 염탐하는 모양으로 검을 들고 동서를 가늠했다. 초병이 이것을 보고 중군에 들어가 보고했다.

"전하께 아룁니다. 자아가 단신으로 군영 앞에 와서 무언가를 염탐하고 있습니다."

은홍이 마원에게 물었다.

"마 도인, 그 자가 오늘 이러한 모양으로 진영을 염탐하고 있는데 무슨 간교한 계책이 있는 것은 아닙니까?"

"일전에 양전의 간교한 계책에 잘못 걸려들어 빈도가 몸을 해치는 변을 당했으니, 내가 가서 사로잡아 나의 원한을 풀겠습니다."

마원이 진영을 나가 자아를 보더니 분노가 치밀어 소리쳤다.

"강상, 도망가지 마라! 내가 간다!"

성큼 앞으로 달려들어 검으로 내리치자 자아도 검을 빼어 급히 막았다. 서로 뒤엉켜 싸운 지 몇 합이 안되어 자아는 말을 돌려 곧장 도주하기 시작했다. 마원은 자아를 잡으려는 데에 마음을 쏟고 있었으니 어찌 가볍게 놓아줄 리가 있었겠는가? 한사코 자아를 뒤쫓아 갈 뿐이었다.

太極圖殷洪絶命

태극도에서
은홍이 절명하다

마원이 자아를 쫓아갔으나 한참을 쫓아도 따라잡을 수가 없었다. 마원이 홀로 생각했다.

'저놈이 사불상을 타고 가니 내가 어찌 따라잡을 수 있겠는가? 오늘은 그만 추격하고 내일 다시 방법을 강구하리라.'

자아는 마원이 따라오지 않는 것을 보고 고삐를 돌려앉아 소리를 질렀다.

"마원! 네놈이 감히 이 들판에 와서 나와 3합을 싸운다면 내 반드시 네놈을 사로잡으리라!"

마원이 웃으며 말했다.

"네놈 주제에 싸울 힘이라도 있더란 말이냐? 어찌 감히 나를 희롱하느냐?"

그리고는 큰 발걸음으로 쫓아왔다. 자아가 다시 서너 합을 싸운 뒤 말을 빼내 달아났다. 마원은 이런 행태에 마음속으로부터 분노가 일었다.

"네놈이 감히 유인술로써 나를 미혹시키느냐!"

마원이 이를 악물고 쫓아갔다.

"내 오늘 너를 붙잡지 못하면 군사를 돌리지 않으리라! 옥허궁까지 따라가서라도 네놈을 잡고야 말리라."

마원이 더욱 박차를 가했다. 그러는 사이에 어느덧 저녁나절이 되었다. 앞에 산이 하나 있었는데 산모퉁이를 돌아서자 자아가 보이지 않았다. 마원이 보니 그 산은 심히 험준했다. 산마루에는 구름이 걸려 있고, 언덕에는 나무들의 그림자가 차가웠다.

뛰어오느라 힘이 다해 근육이 풀리고, 하늘은 또 어두워지는데 장딴지는 시려오므로, 마원은 소나무를 잡고 돌 위에 걸터앉았다. 잠시 숨을 고르며 조용히 앉아 있을 생각이었다. 정신을 가다듬고 쉬다가 내일 진영으로 돌아가 다시 방도를 강구하면 되겠다 싶었다.

어느덧 2경이 되었을 때 갑자기 산꼭대기에서 포성

이 들려왔다. 이어 함성이 우레처럼 땅을 울리고, 연등 같은 횃불이 온 산에 가득 늘어섰다.

마원이 머리를 들어 바라보니, 산마루에서 자아가 주무왕과 함께 잔을 건네고 있었다. 주변의 장수들이 외치는 소리가 들려왔다.

"오늘밤 마원은 이미 올가미에 걸렸으니, 죽더라도 몸을 장사지낼 땅이 없을 거라네!"

마원이 그 말을 듣고 대노했다. 몸을 떨치고 일어선 마원은 검을 빼어들고 산마루로 쫓아 올랐다. 산 위에 이르니 횃불은 온데간데없고 또다시 자아도 보이지 않았다. 진실로 귀신이 곡할 노릇이었다. 마원이 눈을 크게 뜨고 주변을 살피니 산 아래쪽 사면팔방 산자락을 에워싸고 외치는 소리가 들렸다.

"마원을 놓치지 마라!"

마원이 대노하여 산을 내려가니 그들은 또 보이지 않았다. 마원이 이렇게 아래위를 오르락내리락 하는 사이에 날이 밝아왔다. 마원은 밤새도록 뛰어다니느라 몸은 힘들고 배도 고팠다. 마원은 자아에게 한을 되씹으며 절치부심했다. 즉시 자아를 붙잡아 그 한을 풀지 못하는 것이 안타까웠다. 그는 혼자 생각했다.

'이놈이 못된 사술邪術로써 나를 골탕 먹이는구나! 할

수 없다. 진영으로 돌아가 서기를 달리 격파할 방도를 생각해야겠구나.'

마원이 막 산을 떠나 앞으로 나아가려 할 즈음 산모퉁이에서 사람의 비명소리가 들렸다.

"아이고, 아파 죽겠네!"

그 소리는 몹시 처절했다. 마원이 사람의 비명소리를 듣고 급히 산모퉁이를 돌아가니 무성한 풀무더기 속에 한 여자가 누워 있었다. 마원이 물었다.

"그대는 뉘기에 이 외딴 이곳에서 이러는 게요?"

그 여자가 말했다.

"나으리, 살려주세요!"

"그대는 뉘시오? 뉘시기에 날더러 구해달라는 거요?"

"저는 미천한 산촌 아낙이온데 집으로 돌아가던 중에 갑자기 가슴이 아파오니 아마도 명줄이 경각에 달린 듯합니다. 바라건대 나으리께서 저 아래 인가에 가서서 뜨거운 물 한 그릇을 얻어다가 주신다면 미천한 것은 다시 살아날 것 같습니다. 저의 목숨을 구해 주신 그 은혜는 저를 다시 태어나게 하는 것과 같을 것입니다."

그 말을 듣고 마원이 코웃음을 치며 말했다. 그는 벌써 식욕이 동했던 것이다.

"아낙네, 이곳이 어딘데 뜨거운 탕을 찾는 게요? 그

대는 어차피 한번은 죽을 목숨이니 내가 그대를 잿밥으로 삼는 것이 일거양득이지 않겠소?"

"만약 저를 구해 주신다면 마땅히 재를 올려얍지요."

"그런 말이 아니오. 내 지금 자아를 쫓느라 하룻밤을 지새웠더니 배가 몹시 고프오. 그대 역시 살아나가기는 어려울 성싶으니 이왕에 죽을 목숨 산 사람이나 살리는 셈 치고 인정을 베푸시구려. 내가 그대의 살덩이를 씹어먹는 게 더 나을 것 같다는 말이오."

여인이 질겁하며 소리쳤다.

"나으리께서는 우스갯소리도 잘하시는구려. 사람이 어떻게 사람을 먹는단 말입니까?"

마원은 몹시 배가 고팠으니 어디 말을 들으려 했겠는가? 한 발을 디뎌 여인의 가슴을 밀치고 다른 한 발로는 여인의 허벅지를 밟고는 칼로 옷을 째니 백옥처럼 하얀 뱃가죽이 드러났다. 마원은 급히 배꼽에 검을 찔렀다.

"아악!"

여인이 외마디 비명을 지르고 그대로 혼절했다.

한 줄기 뜨거운 피가 솟구쳐 나왔다. 마원은 손으로 피를 움켜쥐어 몇 모금 마시고는 여인의 뱃속에서 심장을 찾았다. 그러나 좌우로 찾아도 심장을 찾을 수 없었다. 두 손을 뱃속에 집어넣어 뒤지니 단지 뜨거운 피만이 가득할 뿐 오장이라곤 어느 하나도 없었다. 마원은 마음속으로 의혹이 생겼다.

한참 그렇게 애쓰고 있을 때 정남향에서 매화록梅花鹿을 탄 한 도인이 검을 의지하고 왔다. 살펴보니 쌍으로 틀어올린 머리엔 구름이 자욱이 서리고 수합포水合袍는 명주실 끈으로 질끈 동여매고 있었다. 바로 광법천존이었다.

마원은 황급히 두 손을 뱃속에서 빼내려 했으나 뜻하지 않게 뱃가죽이 오그라들어 손이 안에 달라붙은 듯했다. 또한 여인의 몸에서 벗어나려 했으나 두 발 역시 여인의 몸에 오그라들어 붙어 있었다.

마원은 꼼짝할 수가 없었다. 마원이 여인의 몸을 자세히 살피니 그것은 여인의 몸이 아니라 단지 돌덩이에 불과했다. 그는 돌무더기 위에 꿇어앉아 부르짖었다.

"선생, 살려주시오!"

"네 이놈, 네 죄를 네가 알렸다!"

광법천존이 검을 들어 막 마원을 참하려는데, 뒤에서 어떤 사람이 부르는 소리가 들렸다.

"도형께서는 잠시 그 자를 그냥 두시지요."

광법천존이 돌아보았으나 그 사람이 누구인지 알 수 없었다. 머리는 두 갈래로 쪽을 지고 몸에는 도복을 입었으며, 얼굴은 노랗고 가는 수염이 몇 가닥 바람결에 흩날렸다. 도인이 말했다.

"인사드리옵니다!"

광법천존이 답례하며 말했다.

"도우께서는 어디에서 오셨기에 네 일에 상관하시오?"

"원래 도형께서는 저를 모르실 겁니다. 제가 시 한 수를 읊어드리면 곧 알게 되실 겁니다."

대각금선大覺金仙에게는 다른 때가 없으나,
서방의 묘법은 보리菩提를 조종으로 삼도다.
불생불멸의 삼삼행三三行에
전기전신全氣全身이 만 가지 자애로다.
공적자연空寂自然이 변화에 따르니,
진여본성眞如本性이 임의로 되네.
하늘과 목숨을 같이하는 장엄한 몸이니,
억겁을 지낸 명심대법사明心大法師라네.

이어서 도인은 말했다.

"빈도는 바로 서방교의 준제도인準提道人이라 합니다. 봉신방에는 마원의 이름이 없으며, 이 사람은 근본이 유능하고 진중하니 우리 서방과는 인연이 있습니다. 그런지라 빈도가 그를 서방으로 데려가 정과正果를 이루도록 할 터이니, 도형께서 자비를 베풀어 주신다면 빈도의 불이문

중不二門中의 다행스런 일이라 할 것입니다."

광법천존은 그 말을 듣고 만면에 기쁜 기색을 띠고 큰 소리로 웃으며 말했다.

"대법大法을 오래도록 우러러 왔는데, 당신은 서방에서 교를 행하고 연꽃으로 형체를 드러내시는 사리원광舍利元光의 참으로 고명한 손님이시니 빈도는 삼가 그 명을 따르겠나이다."

준제도인은 앞으로 나가 마원의 머리를 깎고 계를 주며 말했다.

"도우는 애석하게도 오행을 수련했으나 시간만 헛되이 낭비했도다! 나를 따라 서방으로 가서 팔덕지八德池 가에서 삼승대법三乘大法을 강론하고 칠보림七寶林 아래에서 그대 멋대로 소요하도록 하여라."

마원은 연이어 "네, 네" 하고 대답했다. 준제도인은 광법천존에게 사례하고, 또 타신편을 광법천존에게 전하여 자아에게 지니도록 하고는 마원과 함께 서방으로 돌아갔다.

광법천존이 승상부로 돌아오니 자아가 맞이하여 마원의 일이 어떻게 되었는지 물었다. 광법천존은 준제도인과의 일을 상세히 설명하고 타신편을 자아에게 건네주었다. 적정자가 옆에 있다가 눈썹을 찌푸리며 광법천존에게 말했다.

"지금 은홍이 가로막아 자아가 장수에 임명되는 시기를 그르칠까 두려운데 어찌하시려는 것입니까?"

막 이야기를 하던 중에 갑자기 양전이 급보를 알려 왔다.

"자항慈航 사백께서 오셨습니다."

세 사람이 보고를 듣고 황망히 승상부를 나와 맞으러 갔다. 자항도인은 그들을 보더니 손을 잡고 전에 올랐다. 예를 마치고 자아가 물었다.

"도형께서 이곳에 오신 것은 무슨 가르침이 있어서인지요?"

"순전히 은홍 때문에 왔습니다."

적정자가 그 말을 듣고 크게 기뻐하며 말했다.

"도형은 장차 그를 어떤 방법으로 다스리려는지요?"

자항도인이 자아에게 물었다.

"당시 십절진을 격파할 때 태극도는 있었습니까?"

"있었습니다."

"만약에 은홍을 잡으려 하신다면, 모름지기 적정자 도형이 태극도를 사용하시면 이번 근심은 없앨 수 있을 것입니다."

자항도인이 나지막이 그 계책을 말해 주었다. 적정자

는 그 말을 듣고 마음속에 참을 수 없는 바가 있었으나, 자아의 장수임명일이 가까워 오므로 기한을 그르칠까 두려웠다. 이에 자아에게 말했다.

"모름지기 공이 가야만 성공할 수 있을 것입니다."

한편 은홍은 마원이 한번 간 뒤에 소식이 없자 마음속으로 꺼림칙하여 유보와 구장에게 말했다.

"마 도장道長이 한번 가버리고는 소식이 묘연하니, 길조가 아닌 듯하다. 내일 다시 강상과 싸움이 있게 될 터인즉 어찌는지 보았다가 다시 마 도장의 소식을 탐지하도록 하라."

정륜이 말했다.

"한바탕의 큰 싸움이 없으면 큰 공 또한 세우기 어려울 것입니다."

하룻밤이 훌쩍 지나가버렸다. 다음날 아침 성탕의 진영 안에서 대포소리가 한번 울리더니 함성이 크게 진동하면서 은홍의 대부대가 진영 앞 성 아래에 이르러 큰소리로 외쳤다.

"자아는 나와서 응전하라!"

좌우사람들이 소식을 알리자 세 도인이 말했다.

"오늘 공께서 나가시면 우리들은 공의 성공을 반드시 도울 것이오."

자아는 문인들을 대동하지 않고 한 무리의 인마만을 이끌고 홀로 성을 나섰다. 그는 검 끝으로 은홍을 가리키며 큰소리로 외쳤다.

"은홍! 네놈은 사부의 명을 좇지 않았으니, 오늘 큰 액을 면하기 어려울 것이니라. 사지가 재가 되어 날리더라도 후회하기엔 이미 늦었느니라!"

은홍이 대노하여 말을 몰아 극을 휘두르며 짓쳐들어오자 자아는 검을 빼들어 막았다. 말들이 서로 다투고, 검과 극이 어우러졌다. 몇 합이 끝나기 전에 자아는 곧 달아나되 성으로 들어가지 않고 벌판 쪽으로 도망쳤다. 은홍은 자아가 벌판으로 달아나는 것을 보고 급히 뒤쫓으면서 뒤따라 유보와 구장에게 무리를 이끌고 오라고 명했다.

자아가 앞서고 그 뒤를 은홍이 쫓아 동남을 향하다가 정남쪽에 이르려 할 때, 적정자는 제자가 자신을 뒤쫓아 와 이 액을 면하기 어렵게 된 것을 보고 자기도 모르게 눈물을 흘렸다. 그는 고개를 끄덕이며 말했다.

"짐승, 짐승 같은 놈! 오늘 네가 스스로 이 고통을 자초했으니 죽은 뒤에라도 나를 원망하지 마라."

그리고는 급히 태극도를 한번 흔들어 펼쳤다. 이 태극도는 만상을 포괄하는 보물이라, 하나의 금교金橋로 변했다. 자아는 사불상을 몰아 금교를 오르게 했다. 은홍이 말을 타고 다리 주변에 이르자 자아가 다리 위에서 은홍을 가리키며 말하는 것이 보였다.

"네놈이 다리 위로 올라와 나와 3합을 겨루는 것이 어떻겠느냐?"

은홍이 웃으며 말했다.

"내 스승이 여기 있더라도 두려워하지 않을 터인데 네까짓 놈의 환술幻術을 어찌 두려워하겠느냐, 내가 가마!"

말등자를 한번 채니 말은 곧 금교 위로 올라섰다. 그러자 일시에 자기도 모르게 멍해지면서 마음에 갈피를 못 잡을 정도로 백 가지 일들이 밀려들었다. 마음속으로 어떤 일을 생각하면 그 일이 곧 일어났다. 은홍은 꿈꾸는 듯한 기분에 마음속으로 생각했다.

'복병이 있는 것은 아닐까?'

그러자 과연 복병이 밀려오는 것이 보이더니 한바탕 싸우고 나자 곧 보이지 않았다. 마음속으로 자아를 잡는 생각을 했더니 삽시간에 자아가 들이닥쳐 두 사람은 다시 한바탕 싸웠다. 갑자기 조가朝歌에서 부왕을 만나는 것을 생각하니, 곧 조가로 가서 궐문을 들어가 서궁에 이르렀다. 황黃마마가 서 있는 것이 보이자, 은홍은 절을 올렸다. 갑자기 다시 형경궁에 이르러 다시 양楊마마가 서 있는 것이 보여 은홍이 "이모님" 하고 불렀으나 양 마마는 대답하지 않았다.

이것이 곧 태극도의 사상으로 변화무쌍한 법술이었다. 마음속으로 어떤 것을 생각하기만 하면 그 물건이 곧 나타나고, 마음속으로 어떤 일을 생각하면 모든 일이 곧 일어났던 것이다.

은홍은 좌우로 허우적거리며 태극도 속에서 꿈을 꾸듯, 바보가 된 듯했다. 적정자가 그를 보니 사제의 정을 어찌 잊으리오! 수년간 쌓아왔으나 어찌 오늘이 있을 줄 알았으랴? 가슴이 산산조각으로 찢겨나가는 듯한 느낌이 들면서 자기도 모르게 한숨이 나왔다.

'아아, 차라리 내가 저 고통을 당하는 게 나으리라!'

다시 은홍이 앞으로 나오자 그의 생모인 강姜마마가 큰소리로 외치는 것이 보였다.

"은홍아! 너는 내가 누군지 알아보겠느냐?"

은홍이 고개를 들어 바라보고 말했다.

"아아! 어머니!"

은홍은 자기도 모르게 소리를 질렀다.

"어머니! 소자가 저승에서 만나뵙는 것은 아닌지요?"

강마마가 말했다.

"원수 같은 놈! 네놈이 스승의 말씀을 듣지 않은 채 무도한 자를 보필하고 도리를 아는 자를 정벌하다니! 또한 맹세라는 것은 자기가 말한 바대로 되는 것인데 그날 사지가 재가 되어 날려도 좋다고 맹세했으니, 오늘 너는 태극도에 올라서 재가 되어 날리는 괴로움을 맛보도록 하여라."

은홍이 그 말을 듣고 급히 외쳤다.

"어머니, 저를 구해 주십시오!"

그러더니 갑자기 강마마가 보이지 않았다. 은홍이 당황하여 허둥대고 있을 때 갑자기 적정자가 큰소리로 외쳤다.

"은홍이놈! 너는 내가 누군지 알아보겠느냐?"

은홍은 스승을 보고 울면서 말했다.

"사부님, 제자는 주무왕이 천자를 멸하는 것을 돕고자 하오니, 제발 목숨만 살려주십시오!"

"이미 때가 늦었느니라! 너는 이미 하늘의 규율을 어겼다. 도대체 어떤 자가 네 맹세를 바꾸도록 시켰는지 모르겠구나?"

"제자는 신공표의 말을 듣고 사부님의 말씀을 어긴 것입니다. 바라옵건대 사부께서 자비를 베풀어 한 가닥 생명을 잇게 해주신다면 어찌 감히 전에 한 말을 다시 어기겠습니까!"

적정자에게 아직 연연해 하는 마음이 있자 갑자기 허공에서 자항도인이 외치는 소리가 들렸다.

"천명이 이러한데 어찌 어김이 있겠소? 부디 그가 봉신대에 오르는 시각을 그르치지 않도록 하시오."

적정자가 비통한 심정으로 눈물을 머금고 태극도를 한번 흔들어 한 곳으로 말았다가 잠시 뒤에 다시 흔들어 펼치니, 한 줄기 바람이 나오더니 은홍이 말과 함께 재가 되어 날았다. 한 줄기 영혼이 봉신대로 들어간 것이다. 훗날 시에 일렀다.

은홍이 신공표의 말을 멋대로 믿고,
서기를 정벌하여 큰 재주를 드러내려 했네.
어찌 운수가 이렇게 될 줄을 알았겠는가?
혼백이 봉신대를 에워싸고 애통해 하노라.

적정자는 은홍이 재가 된 것을 보고 방성대곡하며 말했다.

"태화산에 도를 수양하고 진리를 닦을 사람이 다시는 없겠구나. 내 문하가 이리되니 어찌 마음이 아프지 않겠는가!"

자항도인이 말했다.

"도형께서는 딱도 하시오. 마원이야 봉신방에 이름이 없었으니 그를 고뇌로부터 구해낸 사람이 있었던 게고, 은홍의 일은 마땅히 이렇게 됐어야 할 것이니, 어찌 한탄할 일이겠습니까?"

"은홍의 잘못이 아니외다. 잘못 가르친 스승의 잘못이 훨씬 클 것이오."

적정자가 이렇게 말하며 더 큰소리로 꺼이꺼이 울음을 터뜨렸다. 얼마 후 세 도인은 다시 승상부로 들었다. 자아가 감사드리자 세 도인이 작별인사를 했다.

"빈도들은 다만 자아의 길일을 기다렸다가 다시 와서 동쪽 정벌 길을 전별하겠소."

세 도인은 자아와 작별하고 돌아갔다.

한편 가주후 소호의 정탐병이 진영으로 들어와 보고했다.

"원수님께 아룁니다. 은 전하께서 자아를 따라갔다가 한 줄기 금빛에 사라지셨습니다."

정륜은 유보·구장과 함께 그 말을 듣고 어쩔 바를 몰라 했다.

소호는 몰래 아들 소전충과 상의했다.

"내 이제 은밀히 편지 한 통을 적어줄 것이니, 네가 성 안으로 쏘아보내 내일 강 승상께 이쪽 진영으로 쳐들어올 것을 청하도록 하여라. 나와 너는 가솔들을 먼저 서기의 서문으로 데려다놓고 불문곡직하고 정륜 등을 함께 잡아다 강 승상에게 보임으로써 지난날에 지은 죄를 속죄할 것이니, 이 일은 지체해서는 안되느니라!"

"만약 여악과 은홍이 아니었다면 우리 부자는 이미 오래 전에 서기로 들어갔을 것입니다."

황급히 편지를 쓴 소호는 소전충에게 어두운 밤을 틈타 편지를 화살에 실어 성 안으로 쏘아보내게 했다.

그날은 남궁괄이 성을 순시하고 있었는데, 화살에 편지가 달려 있는 것을 보고는 소호의 것임을 알고 황급히 승상부로 들어가 자아에게 건네주었다. 자아가 펼쳐보니 편지에는 다음과 같이 쓰여 있었다.

정서원수征西元帥 기주후 소호는 강 승상 휘하에 백 번 머리를 조아립니다. 소호는 비록 조칙을 받들고 정벌에 나섰으나 마음은 이미 주나라로 돌아간 지 오랩니다. 그래서 군대가 서기에 이르자마자 급히 창을 버리고 승상휘하에 귀순하려 했습니다만 누가 알았겠습니까? 하늘이 사람의 소원을 막을 줄을. 은홍과 마원은 천명을 거역하다가 이제 이미 참수를 당했으나 오직 정륜이 미혹되어 깨닫지 못하고 있으니, 만약 되풀이 하여 천조를 범한다면 죄를 얻음이 산과 같을 것입니다. 소호 부자는 스스로 생각하되, 천병天兵이 영채를 진압하지 않으면 역적을 주살하지 못할 것인즉, 오늘 특별히 삼가 한 통의 편지를 전하오니 승상께서 대병을 일으켜 오늘밤 진영으로 쳐들어오기만을 바랄 뿐입니다. 소호 부자는 이 기회를 틈타 반역의 거두를 잡아들일 수 있을 것입니다. 다만 바라건대 빨리 성주聖主께 돌아가 함께 독부獨夫를 정벌하여 소씨가문의 원한을 풀고자 합니다. 이만 줄이며 삼가 이 글을 바칩니다. 소호 아홉 번 머리 숙여 인사드립니다.

자아는 그 편지를 보고 크게 기뻤다.
다음날 한낮에 영을 내렸다.
"황비호 부자 다섯 사람은 전대前隊를 만들고, 등구공은 좌영을 맡으며, 남궁괄은 우영을 맡고, 나타에게는 영을 내려 진두에 나서도록 하라."
이때 정륜은 유보·구장과 함께 소호에게 돌아와 그를 만나 말했다.
"불행히도 은 전하께서 악수惡手를 당하셨으니, 이제 조가로 상주문을 올리고 도움을 청해야 성공할 수 있을 것입니다."

소호는 단지 입으로만 응답했다.

"내일을 기다렸다 조처하도록 합시다."

사람들이 각자 막사로 흩어져 들어갔다. 소호는 암암리에 오늘밤 서기로 들어갈 일을 준비했다.

황혼이 질 시간이 되자 세 갈래의 병사들이 준비를 하고 성을 나와 매복했다. 2경이 될 때까지 기다렸다가 포성이 한번 들리자 황비호 부자의 병사들이 진영을 쳐들어가니 막아서는 자가 없었다. 왼쪽으로는 등구공이, 오른쪽으로는 남궁괄이 세 방향으로 일제히 짓쳐들어갔다.

서둘러 화안금정수에 오른 정륜은 항마저를 잡고는 대원문으로 가서 황씨부자 다섯 명과 맞닥뜨렸다. 한바탕 싸움을 벌였다. 등구공이 좌영으로 짓쳐들자 유보가 또한 소리쳤다.

"적장은 오라!"

남궁괄은 우영으로 쳐들어가다 바로 구장을 만나 싸웠다.

서기성에서는 문이 열리고 대대적인 인마가 쏟아져 나왔다. 땅이 들끓고 하늘이 뒤집혔다. 소씨부자는 가만히 빠져나와 이미 서기성의 서문으로 향했다. 등구공은 유보와 싸웠는데 유보는 적수가 아닌지라 등구공의 단

칼에 베어져 말 아래 떨어졌다.

남궁괄이 구장과 싸우면서 도법을 펼치자 구장은 막아내지 못하고 말을 돌려 달아나다 황천상을 만나 더 이상 막아내지 못하고 그의 창에 찔려 말 아래로 떨어졌다. 두 장수의 영혼이 이내 봉신대로 향했다.

뭇 장수들이 성탕진영을 습격하여 쑥대밭을 만들었다. 정륜만이 남아 뭇 장수들을 대항했다. 등구공이 옆에서 칼을 한번 날리자 정륜은 항마저로 막았으나 그 사이에 허리띠를 잡혀 땅바닥에 굴러 떨어졌다. 주위에 있던 사졸들이 정륜을 포승으로 묶었다.

서기성이 밤새도록 소란하더니 날이 밝았다. 자아는 은안전에 올라 북을 치도록 했다. 장수들이 전에 올라 예를 행한 뒤에 황비호가 전황을 보고했다. 등구공은 유보를 참하고 정륜을 사로잡았다고 보고했으며, 남궁괄은 구장이 싸우다 도망가는 길에 황천상의 창에 찔려 절명했다고 보고했다.

그때 보고가 들어왔다.

"소호가 명을 기다립니다."

"모시도록 하라."

소씨부자가 들어와 자아를 만나 예를 행하려 하니 자아가 말했다.

"배례는 당치 않은 말씀입니다."

자아는 소호의 손을 잡아 일으키며 서로 인사했다.

"군후의 대덕과 인의는 해내에 자자하니 작은 충성과 작은 신의를 지닌 분이 아닙니다. 막중한 시기에 이처럼 어둠을 버리고 밝음을 좇으며 화복을 잘 살피고 주인을 가려 벼슬할 줄 아는 분이십니다. 이제 황후의 은총을 버림으로써 만세의 오명을 씻으려는 것이니 진정 영웅이십니다!"

소호가 대답했다.

"이 못난 소호는 지은 죄가 큼에도 승상의 극진한 사랑으로 재생의 은혜를 입었으니, 부끄러움에 몸둘 바를 모르겠습니다!"

피차간에 겸손과 사양을 했다. 말을 마치자 자아가 영을 내렸다.

"정륜을 데려오라."

군교들이 정륜을 벌떼같이 에워싸고 그를 전각 앞으로 데려왔다. 정륜은 무릎도 꿇지 않은 채 꼿꼿이 서서는 소호를 노려보았다. 눈을 부릅뜨고 마치 잡아먹을 듯한 태도로 한 마디 말도 없었다.

자아가 말했다.

"정륜, 그대에게 어떤 재주가 있기에 이토록 저항하는

가? 이제 이미 사로잡혔는데도 무릎 꿇어 목숨을 구걸하지 않고 여전히 무례하게 구는구나!"

정륜이 크게 소리쳤다.

"무지한 놈 같으니! 너희는 반역한 자들로 내 너희들과는 대적한 처지이다. 너희 역적들을 모조리 생포하여 조가로 압송함이 마땅하지만, 사세가 이러하여 국법으로 바로잡지 못하는 것이 한스러울 뿐이다. 이제 불행히도 우리 주장이 공모하여 네놈들에게 잡혔으니, 죽음이 있을 뿐 어찌 많은 말이 필요하겠느냐?"

자아가 좌우에 명했다.

"끌고 나가 참수토록 하라."

군교들이 정륜을 끌어내 행형패行刑牌가 나오기를 기다렸다. 이때 소호가 앞으로 나와 무릎을 꿇으며 말했다.

"승상께 아룁니다. 정륜이 천위天威를 어겼으니 이치상 마땅히 정법으로 처벌해야 하나, 이 사람은 진실로 충성스럽고 의로운 장수이니 가볍게 버리지 마십시오. 또한 그에게는 기이한 술법이 있으므로 이러한 장수는 다시 얻기 어려우니, 승상께서 큰 과실을 작다 생각하시고 그를 등용하신다면 역시 옛사람들이 원한을 풀고 원수를 기용했던 뜻과 통할 일입니다. 승상의 넓으신 포용을 간절히 바랍니다."

자아가 소호를 부축해 일으키고 웃으며 말했다.

"소생 역시 정 장군이 충성스럽고 의로우며 뜻을 같이 해야 사람이라는 것을 알고 있습니다. 그 때문에 특별히 자극하여 장군으로 하여금 그를 설득하여 마음을 돌리도록 하려 한 것이었습니다. 이제 장군께서 수고하신다면 이 늙은이가 감히 명을 따르지 않겠습니까?"

소호는 그 말을 듣고 기쁜 마음으로 명을 받고 전각 밖의 정륜에게로 다가갔다. 정륜은 소호가 다가오자 머리를 숙이고 아무 말도 하지 않았다. 소호가 말했다.

"정 장군, 그대는 어찌하여 아직도 미혹된 채 깨닫지 못한단 말인가? 옛말에도 때를 잘 알아야 호걸이라 부를 만하다고 했지 않은가. 지금 임금이 무도하기에 하늘이 근심하고 백성들이 원망하여 4해가 넘실대며 또한 그들은 도탄에 빠져 있지 않은가. 전쟁은 끊이지 않는 터에 천하에 반역을 생각지 않는 이가 없으니, 이는 바로 하늘이 은나라를 멸절코자 하는 것이 아니겠는가?"

정륜의 눈에는 눈물이 고였다.

"이제 주무왕이 덕으로 어진 정치를 베풀고 정성으로 선비를 대우하니 은택이 미치지 않는 데가 없다는 것은 다 아는 사실이오. 백성들이 풍족함으로 더없이 편안하여 천하가 귀속하고 있으니, 하늘의 뜻이 어디에 있는지를 알 수 있소. 자아가 오래지 않아 동정東征하여 백성들을 위로하고, 죄있는 통치자를 징벌하여 독부獨夫를 참수하게 될 것이오. 뉘라서 이 허물을 되돌릴 수 있겠소? 장군이 조속히 마음을 돌려 함께 강 승상에게 천리를 따르겠다 말하면 장군의 항복을 용납하실 것이니 기회를 보아가며 행동하는 군자의 도리를 잃지 마시오. 어찌 헛된 죽음뿐인데 이처럼 고집을 부리오?"

정륜은 길게 한숨을 쉬고 아무 말도 하지 않았다. 소호가 다시 말했다.

"정 장군, 지금 내가 이토록 간곡히 그대를 위해 그대에게 권하고 있지 않소? 아무리 그대에게 장군의 재질이 있다 하더라도 죽은 뒤에야 무슨 소용이 있겠소? 장군은 '충신은 두 임금을 섬기지 않는다'고 말하지만, 지금 천하의 제후들이 서주로 돌아간 것이 모두 불충해서 그런 것은 아니질 않소? 무성왕 황비호와 등구공이 모두 불충하단 말이오?"

소호의 설득은 집요했다.

"또 임금이 도를 잃으면 백성들의 부모가 될 수 없으니, 이런 의미에서 도적의 무리와 같다 하여 독부라고 부르는 것이오. 오늘날 천하가 반란을 일으킨 것은 천자가 스스로 하늘을 저버렸기 때문이오. 또한 옛말에도 '좋은 새는 나무를 가려 앉고 현명한 신하는 주인을 가려 섬긴다'고 했소. 장군은 스스로 재삼 생각하여 헛된 근심을 하지 말길 바라오. 천자가 서기를 정벌함에 있어 기예가 고명한 선비나 하늘과 땅을 경영하는 재주를 가진 자가 여기에 이르러 모두 하잘것없는 존재가 되고 말았으니, 이 어찌 힘으로 해서 될 일이겠소? 자아의 문하에 있는 많은 고명한 선비와 기이한 도술을 지닌 사람들이 어찌 그저 그러한 존재들이겠소? 정 장군은 미혹에 빠지지 말고 내 말을 들으면 무한한 영광이 있을 것이니, 애석한 충절이나 작은 이해에 얽매이지 마시오."

정륜은 소호의 말을 듣고 꿈에서 비로소 깨어난 듯, 취했다 비로소 자리를 덜고 일어난 듯, 길게 한숨을 내쉬고는 말했다.

"재주없는 이 몸은 군후의 말씀이 아니었다면 한바탕 정신을 그릇되게 쓸 뻔했습니다. 다만 제가 여러 차례 거스르는 행동을 했으므로 문하의 장수들이 받아주지 않을까 두려울 따름입니다."

"강 승상은 포용력이 드넓어 창해와 같으니 어찌 시냇물을 받아들이지 않겠소? 승상문하의 사람들도 모두 도리를 아는 선비들이니 어찌 용납하지 않겠소? 장군은 다른 생각일랑 말고 내가 승상께 아뢰기를 기다리면 될 것이오."

소호는 승상부로 돌아와 전 앞에 이르러 절하고 말했다.

"정륜이 저의 설득을 받아들여 투항의사를 밝혔으나, 그의 지난날의 작은 잘못으로 승상문하 사람들이 용납하지 않을까 두려워할 따름입니다."

자아가 웃으며 말했다.

"그때는 피차가 적으로서 각기 주인을 위하던 입장이었으나, 이제 뜻을 같이하겠다 하니 한 가족이거늘 어찌 꺼리고 거리를 둔단 말입니까?"

그리고는 황망히 좌우에 영을 내렸다.

"정륜 장군을 석방하고 의관을 갖추어 대면토록 하라."

잠시 뒤 정륜이 의관을 갖추고 전 아래 이르러 절하며 말했다

"미천한 몸이 하늘을 거스르고 때를 알지 못해 승상께 누를 끼쳤습니다. 이미 잡힌 몸으로 다시 사면을 받게 되니 이 은덕은 늙어 죽을 때까지 잊지 못할 것입니다."

자아는 황망히 계단을 내려와 그를 부축해 위로하며 말했다.

"장군의 충성심과 의로움을 안 지 오래였소. 다만 천자가 무도하여 스스로 하늘을 저버린 것이지 신하로서 나

라에 불충한 것은 아님을 새삼 느끼오. 또한 우리 군주께서는 현명한 선비를 예로써 대하시니 장군은 안심하고 나라를 위하여 힘쓰시오. 행여 곁을 주지 않을까 스스로 의심하지는 마시오."

정륜은 재삼 절하며 사례했다. 자아는 곧 소호 등을 인도하여 대전으로 들어가 왕을 알현했다. 신하의 예를 다하자 무왕이 말했다.

"상보께서는 무슨 하실 말씀이 있으십니까?"

자아가 말했다.

"기주후 소호 장군이 오늘 귀순했기에 특별히 알현코자 왔습니다."

무왕이 짐짓 자리에서 일어나 인사를 나누고 소호에게 전에 오르도록 하여 위무했다.

"나는 서기를 지키면서 신하로서의 절개를 다했으며 아직 하늘을 거스른 일이 없습니다. 그러나 어인 연고인지 천자의 군대를 욕보인 일이 여러 차례 되었소. 이제 소호 장군 등이 천자를 버리고 우리에게 돌아오셨다 하니 기쁘기 한량없습니다. 우선 잠시 서토에서 쉬시기 바랍니다. 나는 경 등과 함께 신하의 절개를 닦음으로써 천자가 덕을 닦기를 기다렸다가 그때 다시 여러 가지를 상의하기로 합시다. 상보께서 나를 대신하여 잔치를 베풀어 대접하기 바랍니다."

자아는 칙지를 받들었다. 소호의 인마가 모두 성 안으로 들어오니 이제 서기에는 군웅들이 구름처럼 몰려들게 되었다.

한편 사수관 한영은 이 소식을 듣고 크게 놀라, 황망히 상소문을 써서 관리를 조가성으로 보냈다.

張山李錦伐西岐

장산과 이금이 서기정벌에 나서다

차관差官이 쉬지 않고 길을 달려 조가성에 이르렀다. 그날은 중대부 방경춘方景春이 상소문을 보고 있었는데 갑자기 소호가 이미 기주에 항복했다는 상주문을 보고는 머리를 꺼덕대며 욕을 했다.

"늙은 머저리 같으니! 온 집안이 천자의 총애를 받고도 그 은혜를 갚기는커녕 도리어 역적들에게 투항하다니 진정 개만도 못한 놈이로고!"

그리고는 상소문을 안고 내정으로 들어가 시어관에게 물었다.

"천자께서는 어디에 계시는가?"

좌우의 시어가 대답했다.

"적성루에 계십니다."

방경춘은 곧 누대 아래에 이르러 어지를 기다렸다. 천자를 모시는 시어관들이 알렸다. 천자가 그를 누대로 오르게 하여 말했다.

"대부는 당연히 상주문을 가져오셨겠지?"

"사수관의 총병관 한영이 상주문을 갖추어 보내왔사온데, 기주후 소호가 대대로 황후의 존귀함을 누리고 그 은총을 온 집안에 받았음에도 나라에 보답할 생각은 하지 않고 도리어 역적들에게 투항하여 성은을 저버렸다 하오니, 법의 기강을 어디서 찾으오리까? 이에 신이 감히 독단적으로 처리할 수 없어 칙지를 바랍니다."

천자가 상주문을 보고 크게 놀라 말했다.

"소호는 짐의 심복지신이고 인척관계의 경인데, 어찌 하루아침에 그들에게 투항하여 적을 돕는단 말인가? 진실로 통한스럽도다! 대부는 잠시 물러가 있으시오. 짐이 숙고하여 처리할 터이오."

방경춘이 누각을 내려가자, 천자는 소황후를 불렀다. 달기는 병풍 뒤에서 이 일을 이미 들어 알고 있다가 천자의 어탁 앞에 와서 두 무릎을 꿇었다. 두 눈에는 구슬

같은 눈물을 흘리며 교태로운 목소리로 울먹이며 아뢰었다.

"첩은 구중궁궐에서 성상의 은총을 받고 있으니 뼈가 가루가 되어도 갚지 못할 것이오이다. 아비가 어떤 놈의 속닥거림에 넘어가 역적들에게 투항했는지는 모르겠으나, 그 죄는 하늘에 이르니 법대로라면 마땅히 온 집안이 주살되어도 그 죄를 씻을 수 없을 것이오이다. 원컨대 폐하께서는 달기의 목을 참하시어 도성에 걸어 둠으로써 온 천하에 알리기 바라나이다. 그러한즉 모든 백관과 백성들이 성명하신 폐하께서 하늘의 기강을 손 안에 쥐시고 선조의 옛 법을 지키시며 총애함에 사사로움이 없으시다는 것을 알게 될 것이니, 이는 바로 첩이 폐하의 은혜입음에 보답하는 길이 되어 죽더라도 여한이 없게 될 것이오이다."

말을 마친 달기가 향내나는 몸을 천자의 무릎에 기대고 애달프게 우니 눈물이 비오듯 했다. 달기가 서럽게 눈물을 흘리는 모습을 보니, 슬픈 울음소리가 나긋나긋하여 지난밤 비에 배꽃이 떨어지고 봄새가 우짖는 듯했다. 천자는 이러한 모습을 보고 더욱 애틋한 마음이 들어 그녀를 안아올리며 말했다.

"그대의 아비가 짐에게 반역했다 하나, 그대는 깊은

궁궐에 있었으니 어찌 그 사실을 알았으리? 그런즉 무슨 죄가 있겠소? 너무 슬퍼하지 마오. 꽃 같은 얼굴이 상할까 두렵소. 설사 짐이 강산을 모두 잃는다 하더라도 사랑스런 그대와는 무관한 일이 될 것이오. 자중자애하도록 하시오."

달기는 더욱 요염한 향기를 흘리며 사례했다.

천자는 다음날 구간전에 올라 문무백관을 모아놓고 말했다.

"소호가 짐에게 반기를 들고 서주 편으로 돌아섰으니 참으로 비통한 일이오. 누가 짐을 위하여 그들을 정벌하겠소? 그리하여 소호와 반역의 무리를 짐에게 잡아와 죄를 바로잡겠소?"

반열에서 한 사람의 대신이 뛰어나왔는데, 상대부 이정李定이었다. 그가 아뢰었다.

"강상은 지모가 뛰어나고 사람을 잘 부리는지라, 그곳에 간 자는 패하지 않으면 투항하여 천자의 군대인 천군을 욕보임으로써 크게 법도에 어긋난 행동을 하고 있습니다. 만약 사람을 잘 가려뽑아 등용하시어 그 죄를 속히 바로잡지 않으신다면, 천하의 제후들이 모두 바라보고 그 잘못을 본받게 될 것이오니, 어떻게 그들을 징계하겠습니까? 신이 대원수 장산張山을 천거하오이다. 그는 병사를 부린 지 오래고 일을 신중히 하며 생각은 깊습니다. 이 일을 감당할 적임자로 천자의 명을 욕되게 하지 않을 것입니다."

천자가 그 말을 듣고 기뻐하며 곧 조서를 내렸다. 사신이 조가를 떠나 쉬지 않고 길을 잡아 하루 만에 삼산관 관역에 도착하여 하루를 쉬고, 다음날 해당 관의 원수인 장산과 전보錢保·이금李錦 등에게 성지를 받도록 했다. 장산 등은 부府의 당상에서 향을 사르고 꿇어앉아 조칙을 들었다.

조칙에 이르노라. 정벌이라는 일은 비록 천자가 할 일이나, 공을 이루는 것은 관외의 원수에게 있도다. 희발이 창궐하여 대악을 제거하기 어렵고 여러 차례의 전투 또한 실패했으니 실로 통한스럽도다!

짐이 친히 적들을 토벌하고자 하니 백관들이 막아섰도다. 이에 그대 장산이 평소 재주와 명망이 있다 하여, 상대부 이정 등이 특별히 경을 천거하여 정벌에 전념케 했도다.

그대는 신중히 잘 생각하여 큰 계략을 떨침으로써 짐의 무거운 기대를 저버리지 말라. 그대가 개선하는 날 짐은 봉토를 상으로 줌에 인색치 않을 것이니, 그대는 신중할지어다! 특별히 조서를 내리노라.

관리들은 성은에 대한 사례를 마치고 사신을 잘 대접한 뒤 조가로 돌려보냈다. 장산 등은 교대관 홍금洪錦이 오기를 기다렸다가 직무를 인계하고 군사를 움직였다.

장산은 인마 10만을 거느리고 출병하여 좌우선행관으로는 전보와 이금을 임명하고, 부장으로는 마덕馬德과 상원桑元을 임명했다. 가는 길에 사람은 소리치고 말은 "히히잉"거렸다. 바야흐로 초여름의 날씨라 바람은 부드럽고 해는 따사로우며 더러 가랑비 흩날리는 정취가 있었다.

장산의 인마가 밤엔 쉬고 새벽엔 길을 떠나, 배고픔과 목마름을 참아가며 말을 달려 이윽고 서기의 북문에 당도했다. 좌우의 사람들이 행영行營에 소식을 전했다.

"원수께 아룁니다. 첨병으로 나선 인마가 이미 서기의 북문에 이르렀습니다."

장산이 영을 내렸다.

"진영을 세워라."

포성이 한 번 울리자 삼군이 함성을 지르면서 중군막을 세웠다. 장산이 좌정하자 전보와 이금이 군막에 들어와 배알했다. 전보가 말했다.

"병사들이 백 리를 행군해 오느라 싸우기도 전에 피로해졌으니, 청컨대 주장께서는 헤아려 주시기 바랍니다."

장산이 두 장수에게 일렀다.

"장군의 말씀이 심히 옳소. 강상은 지모가 있는 사람이니 대적해서는 안될 듯하오. 항차 우리 군사는 먼 곳에서 왔으니 우선 휴식함이 이로울 듯하오. 이제 잠시 군사들에게 휴식을 취하도록 했다가 내일 내가 달리 조치를 취하도록 하겠소."

두 장수는 대답을 하고 물러갔다.

한편 자아는 서기에서 날마다 문인들과 함께 장수임명일에 대해 의논했다. 황비호에게 명하여 크고 붉은 깃발을 만들도록 하되 다른 색은 쓰지 못하게 했다.

황비호가 말했다.

"깃발의 호칭은 곧 삼군의 눈이라 할 수 있습니다. 기를 다섯 색으로 나누는 것은 원래 다섯 방위의 위치에 안배하여 삼군이 전후좌우로 나아가고 물러가는 공격법을 알게 하는 것이니, 그렇지 못하면 대오가 흐트러지게 됩니다. 만약 순수하게 한 가지 붉은 색으로만 하게 되면, 삼군이 동서남북을 모르게 될 터이니, 어떻게 나아가고 물러나며 쫓아가고 피하는 방도를 알 수 있겠습니까? 오히려 불편할까 걱정됩니다. 혹 그 가운데 달리 묘한 쓰임새가 있다면 승상께 가르침을 청하는 바입니다."

자아가 웃으며 말했다.

"장군께서는 실제로 그 까닭을 모르고 계십니다. 붉은 것이라 함은 화火를 말합니다. 지금 주상께서 거처하시는 곳은 곧 서쪽인데 이 땅은 원래 금金에 속하니, 화를 빌어 녹이지 않는다면 차가운 금을 무엇에 쓰겠습니까? 이는 바로 주나라가 흥하는 조짐인 것입니다. 그러나 깃발 위에 호대號帶를 붙이되, 청·황·적·백·흑 다섯 가지 색으로 한다면 삼군이 각자 알아볼 수 있을 터이니, 자연히 혼란스럽지 않게 될 것입니다. 또 적군들은 한번 보고는 의심을 품고 그 까닭을 알지 못하게 될 터이니 자연히 승리로 몰아갈 수 있을 것입니다. 병법에 이르기를 '의심한즉 혼란이 생긴다'고 한 것은 바로 이런 이유 때문입니다. 어찌 그렇게 되지 않겠습니까?"

황비호가 군례를 올리고 말했다.

"승상의 절묘한 생각은 소장의 뜻과 같습니다!"

자아는 다시 신갑에게 병기를 만들라 명했다.

천하의 8백 제후가 다시 서기에 표문을 올려 주무왕에게 천자를 정벌하여 맹진에서 회합하기를 청했다. 자아는 표문을 받고 뭇 장수와 관원들과 상의했다.

"왕께서 행하시지 않을까 두렵소이다."

사람들이 막 걱정하고 있는 사이에 탐사관이 소식을 전해 와 자아에게 보고했다.

"천자의 인마가 북문에서 진영을 주둔시켰는데, 주장은 삼산관 총병인 장산이라 합니다."

자아는 그 말을 듣고 황망히 등구공에게 물었다.

"장산의 용병술은 어떠합니까?"

"장산은 원래 말장의 교대관이었는데 참으로 용기있는 장수입니다."

막 대화를 나누고 있을 때, 다시 소식이 왔다.

"어떤 장수가 싸움을 청하고 있습니다."

자아가 명을 내렸다.

"누가 가서 대적하겠소?"

등구공이 몸을 굽히고 말했다.

"말장이 가고자 합니다."

곧 명을 받고 성을 나서니 한 장수가 화차火車와 같이 군진 앞으로 달려오는 것이 보였다. 등구공의 말이 군영 앞으로 나아가서 바라보니 바로 전보였다. 등구공이 큰소리로 외쳤다.

"전 장군, 그대는 돌아가 장산 장군더러 나오라 하시오. 내 가 장 장군과 할 말이 있소이다."

전보는 등구공을 손으로 가리키며 큰소리로 외쳤다.

"반역의 무리! 천자께서 무슨 일로 너희들을 저버렸더냐? 조정에서 너를 대장에 임명하여 그 은총이 가볍지 아니했거늘, 그에 대한 보답을 할 생각은 않고 하루아침에 천지간에 서 있을 수 있단 말이냐!"

등구공은 이 몇 마디 말에 얼굴이 온통 빨개지면서 역시 욕을 해댔다.

"전보! 네놈은 일개 졸장인 주제에 무슨 재주가 있기에 감히 그런 허풍을 떠느냐? 네놈이 문 태사보다 낫다는 말이냐? 태사도 그저 그렇게 패망했다. 일찌감치 내 칼을 받고 삼군을 수고시키는 것을 면하게 하라."

말을 마치고는 칼을 휘두르며 전보에게로 짓쳐 들어갔다. 전보는 급히 칼을 들어 막았다. 두 마리의 말이 휘감아돌며 한바탕 큰 싸움이 벌어졌다. 등구공은 전보와 30합 정도를 싸웠는데 전보가 어찌 등구공의 적수가 되겠는가!

등구공이 말을 돌려 단칼에 그를 말에서 떨어뜨려 목을 베니, 붉은 피가 한 길이나 높이 치솟았다. 등구공이 전보의 수급을 칼끝에 매달고 성으로 들어가 자아에게 보고했다. 자아가 크게 기뻐하여 공적을 기록하고 연회를 베풀어 치하했다.

패병이 장산에게 보고하여 말했다.

"전보 장군이 등구공에게 목이 잘렸습니다."

장산이 그 소식을 듣고 대노했다. 다음날 친히 진영

의 앞에 나서 등구공을 나오라고 청했다. 정탐병이 소식을 전하여 말했다.

"어떤 장수 하나가 싸움을 청하면서 장군께 나와서 답하라 합니다."

등구공이 일어나 나갔다. 딸 등선옥도 따라나서기를 청하자 자아가 허락했다. 등구공은 딸과 함께 성을 나섰다. 장산은 등구공이 말을 몰아 군영 앞으로 나오자 큰 소리로 욕을 했다.

"어리석은 반역자! 나라가 네놈에게 무슨 못할 짓을 했기에, 배은망덕하게도 하루아침에 적당을 섬기게 되었느냐? 죽여도 그 여죄가 남으리라! 그러고도 창을 버리고 포박을 받기는커녕 여전히 힘으로써 조정관원을 죽이다니! 오늘 네놈을 잡아다 조가로 압송하여 군법으로 다스리리라."

등구공이 말했다.

"네놈은 대장의 신분으로 위로는 천시天時를 모르고 아래로는 인사人事에 어두워 헛된 인생을 살고 있으니, 비록 의관을 갖추어 입었다고는 하나 진정 사람의 탈을 쓴 짐승 같은 놈이로다! 지금 천자의 탐욕함과 무도하며 잔혹하고 어질지 못함을 그대는 모르느냐? 천하의 제후들이 그에게 가지 않고 서주로 돌아오고 있으니, 하늘의 마음과 사람들의 뜻을 알 수 있을 것이니라. 네놈이 여전히 하늘을 거스른다면 이로써 스스로 몸을 더럽히는 화를 얻게 될 터이니, 문 태사 등과 같이 헛되이 목숨을 버리게 될 것이니라. 내 말을 알아들었으면 말에서 내려 서주에 귀순하라. 독부를 정벌하여 위로는 하늘의 마음에 순종하고 아래로는 백성들의 뜻에 따라 봉후封侯의 지위를 잃지 말지라."

장산은 대노하여 욕을 해댔다.

"입만 까진 놈 같으니! 감히 그런 황당한 말로 혹세무민하려 드느냐? 육시를 해도 그 죄를 다 갚지 못하리라!"

창을 흔들며 짓쳐들어왔다. 등구공은 앞에 나서며 칼로 맞섰다.

등구공이 장산과 30합을 싸운 끝에 장산을 이겨내지 못하자, 등선옥이 후진에서 돌을 던져 장산의 얼굴에 커다란 상처를 입혔다. 장산은 거의 낙마할 지경까지 갔다가 겨우겨우 본영으로 돌아갔다. 등구공 부녀는 승전고를 울리고 성으로 돌아가 공을 보고했다.

장산은 패배하여 진영으로 들어갔는데 얼굴에 입은 상처에 마음이 심히 불유쾌해지고 통한스러워 이를 악물었다. 그때 조급한 보고가 들어왔다.

"진영 밖에서 한 도인이 만나뵙기를 청합니다."

"모시도록 하라."

한 도인이 보였는데, 머리는 두 갈래로 틀어올리고 등에는 한 자루 보검을 비끄러맸다. 그는 표연히 중군에 이르러 머리를 조아렸다. 장산도 몸을 굽혀 답례하고 군막 가운데로 모셔 앉혔다. 도인은 장산의 얼굴에 푸른 멍이 든 것을 보고 물었다.

"장군, 얼굴의 상처는 어찌된 것이오?"

"어제 접전을 벌이다가 한 계집장수의 암수暗手에 당했소."

도인이 황망히 약을 꺼내 붙이니 상처는 곧 나았다. 장산이 물었다.

"선생께서는 어디서 오셨습니까?"

"나는 봉래도蓬萊島에서 왔습니다. 빈도의 이름은 우익선羽翼仙으로 특별히 장군을 위해 미력한 힘이나마 돕고자 온 것입니다."

장산은 도인에게 사례했다.

도인은 다음날 일찍이 서기성 아래에 이르러 자아를 청했다. 정탐병이 승상부에 소식을 전했다.

"성 밖에 한 도인이 싸움을 청합니다."

자아가 말했다.

"원래 36로에서 서기를 정벌하러 나서게 되어 있는데, 이미 32로에서 왔었고 아직도 4로가 남아 있으니, 내가 나가 봐야겠노라."

황망히 영을 내렸다.

"다섯 방향의 대오를 편성하라."

포성이 한 번 울리자 일제히 성을 나섰다. 우익선이 머리를 들어 바라보니, 두 개의 성문이 열리면서 병사들이 뒤섞여 나오는데, 모두가 붉은 옷을 입은 이리 같고 호랑이 같은 장수들로 용감하게 앞장선 날쌘 기병들이었다. 나타는 황천화와 짝을 이루고, 금타는 목타와, 위호는 뇌진자와, 양전은 다른 문인들과 좌우에 늘어서서 보호했다. 중군에는 무성왕이 진영을 단속했으며, 자아는 사불상을 타고 진 앞으로 나섰다.

반대편의 도인을 보니 생긴 모습이 괴상망측했는데, 뾰족한 입술에 뺨이 홀쭉했으며 머리칼을 두 갈래로 틀어올렸다. 그런 모습으로 도인은 서서히 다가왔다.

자아가 손을 모으고 말했다.

"도우께 문안드립니다."

"문안드립니다."

"우선 도우의 성함을 여쭙고자 합니다. 오늘 이 몸을 만나 무슨 분부하실 일이라도 있으신지요?"

"빈도는 바로 봉래도의 우익선이오. 자아, 내 그대에게 묻겠는데, 그대는 곤륜의 문하인 원시천존의 도제로 그대에게 무슨 권한이 있기에 사람들에게 나를 욕하면서 내 깃털을 뽑고 내 뼈를 뽑겠다고 말을 하는 것이오? 내가 그대에게 간섭을 했던 적이 있소? 그대는 어찌하여 이렇듯 무례하게 군단 말이오?"

자아가 몸을 굽히며 말했다.

"도우께서는 사람을 탓하지 마시오. 나는 도우를 일면식도 없는데 내가 어찌 도우의 내막을 알아 다른 사람을 시켜 그랬겠소? 그게 진실이라면 심히 실례되고 죄스러울 따름이오. 그런 말이 도대체 어디에서 나온 것이겠소? 도우께서는 다시 한번 생각해 보시기 바랍니다."

우익선은 그 말을 듣고 머리를 숙인 채 잠시 생각하고 나서 자아에게 말했다.

"그대의 말이 비록 이치에 닿으나, 내가 한 말이 전혀 근거없는 것이라고는 할 수 없소이다. 다만 말하건대 이제부터라도 모든 일을 참작하시기 바라오. 다시 그런 일이 일어나면 그대를 좌시할 수 없소. 가보시오."

자아가 막 말머리를 돌리려 할 때 나타가 그 말을 듣고 대노했다.

"이런 빌어먹을 놈이 이따위로 방자하게 사숙을 능멸

하느냐!"

풍화륜을 타고 창을 흔들며 찔러나갔다. 우익선이 웃으며 말했다.

"이런 발칙한 놈이 감히 어른을 조롱하는구나!"

발을 옮겨 검을 들고 상대하니, 창과 검이 함께 어우러졌다. 황천화도 황망히 옥기린을 다그쳐 쌍추를 부리며 덤벼들었다. 뇌진자는 풍뢰시風雷翅로 공중에 날아올라 황금곤을 아래로 내리쳤다. 토행손은 빈철곤을 거꾸로 끌며 세 방향으로 내리쳤다. 양전은 말을 달려 삼첨도를 휘두르며 앞으로 나아가 싸움을 도왔다.

우익선을 가운데로 에워싸고서 위 세 방향은 뇌진자가, 가운데 세 방향은 나타·양전·황천화가, 아래 세 방향은 토행손이 각각 맡았다. 나타는 우익선이 대단한 것을 보자, 신통력을 부려 먼저 그의 어깨를 건곤권으로 때했다.

도인이 눈썹을 찡그리며 몸을 빼 달아나려는데, 황천화가 손을 돌려 찬심정攢心釘 큰못으로 오른쪽 팔을 맞혔다. 또 토행손은 도인의 넓적다리를 몇 차례 쳤고, 양전은 다시 효천견을 풀어 목을 물게 했다.

우익선은 큰소리를 지르고는 토둔법으로 달아났다. 몇 차례 혼이 난 우익선은 이를 악물고 진영을 향했다.

장산이 그를 맞이하며 말했다.

"선생께서는 오늘 간계에 빠져 오히려 그들에게 상처를 입으셨소이다."

우익선이 말했다.

"괜찮습니다. 내가 미처 그들을 방비하지 않은 탓으로 당한 것입니다."

우익선은 황망히 꽃바구니 속에서 단약을 꺼내 한두 알을 삼키며 물을 마시니 상처는 곧 나았다. 우익선이 장산에게 말했다.

"내가 '자비'라는 두 글자로 중생들의 생명을 손상시키지 않으려 했는데 자아가 오늘 도리어 나에게 상처를 입혔으니, 이는 저들이 스스로 자기를 죽이는 화를 자초한 것이오."

다시 장산에게 말했다.

"술을 좀 가져다가 실컷 마셔봅시다. 밤이 깊으면 내 서기땅을 발해 바다로 만들어버릴 것이오."

장산은 크게 기뻐하며 술을 가져다가 함께 마셨다.

한편 자아는 승리하고 승상부로 돌아가 문인들과 상의했다. 그때 홀연히 한 줄기 바람이 불어 지붕의 기와 몇 장을 벗겨냈다. 자아는 황급히 향을 화로에 사르고 금전을 손에 쥐고 길흉을 점쳤다. 패를 늘어놓더니, 자아는 혼백이 몸에서 떠나기라도 하는가 싶게 놀라워했다. 그리고는 황망히 목욕한 뒤 옷을 갈아입고서 곤륜을 향해 절을 했다.

절을 마치자 자아는 머리를 흐트러뜨리고 검에 의지한 채 주문을 외웠다. 서기를 구하기 위해 북해의 물을 옮겨다 성곽을 둘러싸게 하려는 주문이었다.

곤륜산 옥허궁 원시천존은 진작 이 사실을 상세히 알고 있다가 유리병 속에 든 삼광신수三光神水를 북해의 수면 위를 향해 뿌리면서 다시 사계체신四偈諦神에게 명했다.

"서기성을 보호하여 흔들리지 말게 하라."

우익선은 초경까지 마시다가 장산에게 술을 거두라 말하고 원문을 나서 본래의 모습을 드러내니 곧 대붕금시조大鵬金翅鵰 독수리였다. 두 날개를 활짝 펼치고 공중에 날아오르니, 하늘의 절반이 시커멓게 뒤덮였다.

대붕조가 공중에 올라 한번 둘러보니, 서기성은 북해의 바닷물이 가득 감싸고 있었다. 우익선은 실소하며 말했다.

"강상은 고루한 놈이라 내가 얼마나 대단한지를 모르는구나. 내가 약간만 힘을 들이면 4해도 순식간에 말려버릴 수 있는데 이까짓 바닷물쯤이야!"

우익선은 두 날개를 펴서 칠팔십 번쯤 계속 힘들여 부쳤다. 그러나 부치면 부칠수록 불어날 뿐 고갈되는 기색이 보이지 않았다. 그는 이 물에 삼광신수가 있다는 것을 몰랐던 것이다.

우익선은 초경 때부터 5경이 될 때까지 계속 부쳤는데, 그 물이 불어나 대붕조의 발이 거의 잠길 정도가 되었다. 하룻밤 동안 기력을 다 썼음에도 성공하지 못하자 그는 당황해 했다.

"만약 더 이상 늦어진다면 날이 밝은 뒤에 보기가 좋지 않을 텐데."

스스로 부끄러운 생각이 들었다. 또 진영으로 돌아가 장산을 보기도 민망했다. 그는 한번 치고 날아올라 어느 산 동부로 가니 그곳은 몹시 맑고도 기이했다.

대붕조가 동굴 앞으로 날아들자, 한 도인이 동굴 옆에서 묵좌를 하고 있는 게 보였다. 우익선은 곰곰이 생각했다.

'이 도인을 잡아먹고 우선 배고픔을 채우자. 그러고 나서 다시 한번 생각하리라.'

대붕조가 막 그 도인을 채가려 할 때 오히려 도인이 손을 들어 가리키니 대붕조는 힘없이 미끄러져 땅바닥에 떨어져 내렸다. 도인은 눈썹을 다듬고 눈을 문지르며 말했다.

"무례한지고! 네놈이 어찌하여 나를 해치려드느냐?"

"솔직히 말하리다. 지금 내가 서기성를 정벌하러 가던 중에 몹시 배가 고파왔소. 그리하여 그대를 잡아먹고 배고픔을 면하고자 했는데, 도우의 선술이 이토록 뛰어난 줄을 미처 몰라보고 죄를 지었소이다."

"내게 먹을 것을 물어보았으면 그대에게 가르쳐 주었을 터인데, 어찌자고 다짜고짜 나를 해치려 했는가? 예의라곤 눈씻고 찾으려 해도 찾을 수 없군. 그래도 할 수 없지. 그렇게 진행되도록 천륜이 그리되어 있으니."

도인은 다시 말하기 시작했다.

"내 그대에게 깨달음을 주노니, 이곳에서 2백 리 떨어진 곳에 산이 하나 있는데, 이름하여 자운애紫雲崖라 하네. 그곳에 삼산오악이 있어 4해의 도인들이 모두 그곳으로 향재香齋를 올리러 갔으니 그대는 빨리 가보도록 하게. 혹시 늦지나 않았을까 걱정이네."

대붕조는 사례하며 말했다.

"가르침을 따르겠습니다."

그리고는 두 날개로 날아올라 삽시간에 그곳에 이르렀다. 그는 즉시 신선의 모습으로 몸을 바꾼 뒤 둘러보니 높고 낮은 곳에 네댓 명씩 또는 일고여덟 명씩 모여 앉아 있었는데, 모두가 4해3산의 도인들이었다. 또 보니 동자가 오가며 먹을 것들을 도인들에게 가져다주고 있었다. 우익선이 말했다.

"동자, 빈도도 재를 올리러 왔네."

그 동자가 듣고 대답했다.

"선생께서는 좀더 일찍 오셨으면 좋았을 텐데요. 지금은 먹을 것이 남아 있지 않습니다."

"내가 배가 고파 서둘러 왔는데 먹을 게 없다고?"

"일찍 오셨으면 있었을 텐데 늦으셨습니다. 이미 먹을 것을 사부님들께 모두 드렸으니, 내일이나 오셔야 할 것 같습니다."

"그대는 사람을 골라서 보시하는가? 나는 반드시 먹어야겠네!"

두 사람이 말다툼을 시작했다. 그때 누런 옷을 입은 도인이 앞으로 나서며 물었다.

"그대는 무슨 일로 이곳에서 말다툼이시오?"

동자가 말했다.

"이 도인께서 늦게 오셔서 잿밥을 달라시는데, 어디 있어야지요? 그래서 이렇게 이야기를 나누고 있습니다."

그 도인이 말했다.

"동자, 간식거리는 좀 남아 있는가?"

동자가 대답했다.

"간식은 아직 있습니다만 밥은 없습니다."

우익선이 대답했다.

"간식거리라도 좋으니 빨리 가져오기나 하게."

동자가 황급히 간식을 가져다 우익선에게 주자 우익선은 연달아 칠팔십 개를 먹어치웠다.

동자가 말했다.

"도인은 먹을 만하십니까?"

"있으면 아직 몇 개는 더 먹을 수 있겠네."

동자가 다시 십여 개를 가져왔다. 우익선은 모두 108개를 먹었다.

우익선은 배불리 먹고 사례한 뒤에 다시 본모습을 드러내고 서기를 향해 날아올랐다. 다시 그 동부를 지나는데 도인은 여전히 그곳에 앉아 있었다. 날아오는 대붕조를 바라보던 도인이 손으로 한번 가리키자 대붕조는 "아이고!" 하고 소리를 지르며 곧바로 떨어져 내렸다.

"창자가 끊어지는구나!"

그리고는 땅 위에서 데굴데굴 구르며 소리를 질렀다.

"아이고 나 죽네!"

우익선의 비명소리가 온 하늘에 울려퍼졌다.

申公豹說反殷郊

신공표가
은교의 배반을 설득하다

우익선은 참지 못하여 땅에서 데굴데굴 구르며 소리를 질렀다.
"아이고, 나 죽네!"
그 도인이 몸을 일으켜 천천히 앞으로 나와 물었다.
"그대는 방금 밥을 먹으러 가더니 어째서 이러는가?"
"간식으로 면을 좀 먹었는데 뱃속에서 통증이 시작되었습니다."
"못 먹겠거든 토해내면 그만 아닌가?"
우익선은 그 말을 믿고 토하러 가서 부지불식중에 한

번 토했는데, 크기는 닭만 하고 희게 빛나는 것이 끊임없이 튀쳐나왔으며 마치 은 새끼줄 같은 것이 심장과 간을 붙들어 매놓은 것 같았다. 우익선은 이상한 생각이 들어 막 당기려는데 심장까지 당겨지는 아픔이 왔다.

우익선은 좋지 못한 조짐이라는 것을 알고 가슴까지 덜컹거려 급히 몸을 돌리려는데, 그 도인이 얼굴을 문지르며 큰소리로 외쳤다.

"이놈, 네놈을 내가 붙잡았노라! 네놈은 나를 알아보겠느냐?"

이 도인은 바로 영취산 원각동元覺洞의 연등도인燃燈道人이었다. 도인이 욕을 했다.

"이런 못된 놈 같으니! 옥허의 부명을 받든 자아가 성군을 도와 화란을 평정하여 고통 받는 백성들을 위로하고 죄있는 통치자를 벌하렸더니, 네놈은 어째서 이리 같은 마음을 일으켜 도리어 나까지 잡아먹으려 드는 게냐? 네놈이 악을 도운 것이 재앙이 됐느니라."

그리고는 황건역사에게 명했다.

"이 못된 놈을 큰나무에 매달았다가 자아가 천자를 정벌하거든, 그때나 돼서 풀어주어도 늦지 않을 것이니라!"

우익선이 황급히 애원했다.

"선생께서는 큰 자비로움으로 소생을 용서해 주십시

오! 소생이 잠시 우매하여 옆 사람이 시키는 대로 했더니만 이리 되었습니다. 이제 잘못을 알았으니 다시는 감히 서기를 똑바로 바라보지도 않겠습니다."

"천황天皇 때 득도했던 네놈이 어찌하여 운이 트인 줄도 모르고 참과 거짓도 가리지 않은 채 옆 사람의 말만 들었더란 말이냐? 진실로 한탄스러운지고! 결단코 용서받기는 어렵겠도다!"

우익선은 재삼 애원했다.

"저의 천 년 노력을 가련히 여기소서. 도인이 주시는 연민의 정만을 바라옵나이다."

"네가 이미 사악함을 고치고 바른길로 돌아가겠다면, 나를 스승으로 모셔야 풀어주겠노라."

우익선은 황급히 대답했다.

"이르신 대로 스승으로 모시고 수도하여 정과正果를 얻고자 합니다."

"이미 그러하다면 내 너를 풀어주마."

그리고는 손을 한번 가리키자 그 108개의 염주가 예전대로 뱃속에서 토해져 나왔다. 우익선은 곧 연등도인에게 귀의하여 영취산으로 수행길에 나섰다.

한편 구선산九仙山 도원동桃園洞의 광성자廣成子는 살계를

범하여 동굴 속에서 정좌하고 앉아 천화天和를 섭양하면서 바깥일은 돌보지 않고 있었다. 그때 갑자기 백학동자가 옥허의 부명을 받들고 와서, 자아가 불일간에 금대金臺에서 장수에 임명되므로 문인들은 모두 서기산으로 가서 송별해야 한다고 말했다. 광성자는 은혜에 사례하고 백학동자를 옥허로 돌려보냈다.

광성자는 우연히 은교를 생각해냈다.

'지금 자아가 동정東征한다고 하니, 은교를 하산케 하여 자아가 5관으로 동진하는 것을 돕게 해야겠다. 그리하여 첫째는 그의 나라의 옛땅을 보게 하고, 둘째로는 달기를 잡아 그 어미를 죽인 깊은 원한을 갚게 해야겠다.'

그런 다음 황급히 물었다.

"은교는 어디에 있느냐?"

은교는 사부가 부르는 소리를 듣고 황망히 전 앞으로 나아가 예를 행했다. 광성자가 말했다.

"이제 서주의 무왕이 동정을 하고 천하제후들이 맹진에서 모여 무도한 자를 정벌하기로 했다니, 바로 네가 원수를 갚을 날이 온 것이니라. 내 이제 너를 먼저 보내 서주를 돕게 하고자 하니 갈 수 있겠느냐?"

은교가 말을 듣고 "사부님!" 하면서 말했다.

"제자가 비록 천자의 아들이기는 하나 달기와는 철

천지원수입니다. 부왕이 도리어 간사한 말을 듣고 처자식을 죽여 어머니께서 무고하게 돌아가셨으니, 그 원한은 항상 마음속에 남아 있습니다. 잊을 수 없는 원한에 목매어 있는데, 오늘 사부님께서 크게 자비를 베푸시어 보내주시니, 감히 앞으로 나가 은혜에 보답하지 않는다면 진실로 천지간에 헛된 삶이 될 것입니다."

"너는 도원동 밖의 사자애獅子崖 앞에 가서 병기를 찾아보아라. 그런 다음 내 너에게 도술을 전해 주거든 곧 하산하도록 하여라."

은교는 듣고 나서 황망히 사자애로 가서 병기를 찾았다. 문득 보니 백석교白石橋 쪽에 동굴 하나가 있었다. 짐승들이 동굴의 붉은 창문을 둘러싸고 있는데 어느 왕공의 저택 같았다. 은교는 혼자 생각했다.

'내가 전에는 와본 적이 없는 이곳은 처음인데 마치 무슨 일이라도 생길 것 같군. 다리를 한번 지나보면 알게 되겠지.'

동굴 앞에 이르자 그 문은 밀지 않았는데 스르르 열렸다. 문득 보니 안에는 돌 궤짝이 하나 있었고, 궤짝 위에는 뜨거운 김이 무럭무럭 나는 콩이 예닐곱 개 놓여 있었다. 은교가 한 개를 집어먹어보니 그 맛이 달고 향기로워 예사 물건이 아닌 것 같아보였다.

'맛좋은 콩인데, 내친 김에 다 먹어버리자.'

먹고 나니 갑자기 생각이 났다.

'병기를 찾으러 왔는데, 어째서 이곳에서 한가롭게 이러고 있는 게지?'

그리고는 황망히 건넜던 돌다리를 뒤돌아보니 문득 동굴문이 흔적도 없이 사라져 있었다.

마음속으로 여러 가지 의혹이 일어 은교는 두리번거리고 있었는데 그 순간 자기도 모르게 온몸의 뼈가 울려왔다. 그뿐인가? 왼쪽 어깨 위에서 갑자기 스르르 팔이 하나 삐어져 나왔다.

은교는 당황하여 대경실색했다. 그때 문득 오른쪽에서도 다시 한 개가 삐져나왔다. 잠시 뒤에는 머리 세 개와 팔 여섯 개가 차례차례 또 나오니 고통이 말이 아니었다. 은교는 고통과 함께 다만 놀라 눈이 휘둥그레지고 입이 딱 벌어져서는 잠시 동안 정신이 아득했다. 그때 문득 백운동자가 앞에 나서서 말했다.

"사형, 사부님께서 부르십니다."

그 소리와 동시에 일순간 은교는 갑자기 기분이 상쾌해지더니, 얼굴은 짙은 남색이 되고, 머리카락은 붉은색으로 변했다. 아래위로 이빨이 밖으로 드러났으며, 또 눈이 하나 더 생겼다. 은교가 이러한 모습으로 동부 앞에 이르자 광성자가 손뼉을 치며 웃었다.

"기이하도다 기이하도다! 어진 임금에게 덕이 있으니 하늘이 이인을 내려오셨도다."

그리고는 은교에게 도원 안으로 이르게 하더니 방천화극方天畵戟을 주며 말했다.

"너는 먼저 하산하여 서기에 가 있어라. 내 곧 뒤따라가마."

광성자는 번천인番天印과 낙혼종落魂鍾, 그리고 자웅쌍검도 은교에게 건네주었다.

은교는 즉시 작별을 고하고 하산하려 했다. 그때 광성자가 문득 짚이는 게 있어 황급히 은교를 불러세우며 말했다.

"제자는 잠시 멈추거라. 너에게 말해 줄 것이 하나 있느니라. 내가 이 보물들을 네게 준 것은, 모름지기 하늘과 사람에게 순응하고 5관으로 동진하는 서주무왕을 보좌하여 불쌍한 백성들을 위로하고 죄있는 통치자를 벌하는 군대를 일으키라는 것이니, 생각을 바꾸거나 마음속에 의혹을 일으키지 말라. 그리되면 천벌을 당하리라."

은홍의 일을 알 리 없는 은교가 흔쾌하게 대답했다.

"사부님의 말씀은 잘못되셨습니다. 무왕은 명덕성군이시고 제 아비는 혼음하고 포학하니, 마음을 바꿔 가르침에 죄를 짓겠습니까? 제자가 한 말을 바꾼다면 마땅히 땅이 두집히 듯이 횡액을 당할 것입니다."

은교가 맹세하니 도인은 매우 기뻐했다.

은교는 구선산을 떠나 토둔법으로 서기로 향했다. 그러나 가는 도중에 자기도 모르게 둔광遁光이 표표히 날려 어느 높은 산 위로 떨어졌다.

그 산은 풍광이 참으로 대단하니, 하늘을 찌르는 곳엔 뾰족한 봉우리가 솟고, 질펀한 땅 위에는 멀리 산맥이 아득했다. 해를 따돌리는 고갯마루엔 소나무 숲이 울창하고 구름이 머무는 절벽 아래엔 돌이 맑고 깨끗했다.

은교가 막 고갯마루 험준한 곳을 바라보니, 숲속에서 징소리가 들리더니 얼굴빛이 푸르뎅뎅하고 머리카락이 붉은 사람 하나가 보였다. 그는 홍사마紅砂馬를 타고 금빛 갑옷과 붉은 도포를 입었는데, 세 눈에 두 개의 낭아봉狼牙棒을 든 채 날듯이 말을 달려왔다. 산을 내려온 그는 은교의 세 머리와 여섯 팔과 세 눈을 보고 큰소리로 외쳤다.

"머리가 세 개인 자, 그대는 누구인데 감히 내 산 앞에 와서 염탐을 하는가?"

"나는 다른 사람이 아닌 은왕실 태자 은교요."

그 사람은 황망히 말에서 내려 엎드려 절했다.

"전하께서 어인 일로 이곳 백룡산白龍山을 지나게 되셨습니까?"

"나는 스승의 명을 받들고 서기로 가서 자아를 만나려는 것이오."

그 말이 아직 끝나기도 전에 다시 한 사람이 나섰다. 선운회扇雲盔를 쓴 그는 담황색 도포를 입었고 장창을 꼬나 쥔 채 백룡마白龍馬를 타고 왔는데, 얼굴은 분을 바른 듯하고 수염을 세 갈래로 늘어뜨렸다. 연이어 산 위로 달려와 큰소리로 물었다.

"이 사람은 누구인가?"

푸른 얼굴이 말했다.

"빨리 와서 은 전하를 알현하게."

그 사람 역시 눈이 세 개였는데 말안장에서 구르듯이 내려와 땅에 엎드려 절을 했다. 다시 두 사람은 머리를 조아린 채 절을 했다. 은교는 황망히 그들을 부축해 일으키며 물었다.

"두 장수의 성함은 어찌되시는가?"

푸른 얼굴이 말했다.

"소장은 온량溫良이옵고, 저 흰 얼굴은 이름이 마선馬善입니다."

"내 두 분의 범속하지 않은 모습을 보건대 모두 영웅의 뜻을 지니고 있는 듯하니, 나와 함께 서기로 갑시다. 가서 공을 세우고 무왕을 도와 천자를 징벌하지 않겠소?"

두 사람이 물었다.

"전하께서는 어찌하여 도리어 서주를 도와 천자를 멸하고자 하십니까?"

은교가 대답했다.

"상商왕조의 기운이 이미 다하고 주周나라의 왕기가 바야흐로 성하려 하는 이때 내 아비 천자는 천하의 모든 죄업을 스스로 꾸며 걸머지고 있소. 이제 천하의 제후들이 하늘과 사람의 뜻에 순응하여 도가 있는 이로써 무도한 자를 벌하고 덕없는 자의 자리를 덕있는 자에게 양위케 하려는 것이니 이는 진실로 당연한 이치요. 그러니 어찌 내 한 가문의 가업을 부지하려 하겠소?"

온량과 마선이 말했다.

"전하의 그와 같은 말씀은 진실로 천지의 부모되시는 마음으로 대장부가 취해야 할 바이니, 전하 같으신 분은 만고에 다시 없을 것입니다."

온량과 마선은 술자리를 차리며 기뻐했다. 은교는 그들에게 졸개들을 서주군사로 만들라고 분부했다. 곧이어 본거지를 불태우고는 곧 병사들을 일으켰다.

은교 등 세 사람은 백룡산을 떠나 큰길로 나가 곧장 서기로 향했다. 은교의 서주군이 막 행군하려는데 한 군졸이 보고했다.

"전하께 아룁니다. 도인 한 분이 호랑이를 타고 와서 알현코자 합니다."

은교는 그 소식을 듣고 황망히 좌우에게 명했다.

"인마를 잠시 멈추고 오신 분을 모시도록 하라."

도인이 호랑이에서 내려 군막으로 들어오자 은교가 황급히 내려와 예를 올리며 말했다.

"선생께서는 어디에서 오셔서 어디로 가십니까?"

"나는 곤륜의 문하인 신공표라 합니다. 전하께서는 어디로 가시려 하십니까?"

"나는 사부의 명을 받들고 서기로 가서 희주姬周에 몸을 바치려 합니다. 강 사숙의 장수임명일이 얼마 남지 않았다니 그를 도와 천자를 정벌코자 합니다."

신공표가 웃으며 말했다.

"내가 전하께 여쭙노니, 천자는 당신에게 어떤 분이오?"

"나의 부왕이오."

신공표가 다시 교묘한 혀를 놀려 말했다.

"딱하기도 해라! 세상에 어떤 자식이 다른 사람을 도와 아비를 정벌하는 법이 있단 말이오? 이것은 인륜을 어지렵혀 불효하는 짓입니다. 전하의 아버지가 불원간에 용이 되어 창해로 돌아가고 나면, 전하는 동궁이니 마땅히 성탕의 후계를 잇고 제왕의 존귀한 자리에 올라 법통을 계승하게 될 것이 아니겠소? 어찌하여 오히려 타인을 도와 자신의 사직을 멸하고 종묘를 훼손한단 말이오? 이는 고금에 듣지 못했던 일입니다. 또 전하는 백 년 뒤에 무슨 면목으로 하늘에 계시는 성탕 여러 임금들의 혼령을 만나시렵니까?"

신공표는 연신 입맛을 쩝쩝 다시면서 안타깝다는 듯 말했다.

"내가 살피건대 전하가 지니고 있는 기이한 보물들로 천하를 안정시키고 하늘과 땅을 평정할 수 있지 않겠습니까? 내 말을 따르면 자신의 천하를 지키고 무도한 서주의 무왕을 징벌하게 될 것이니, 이것이야말로 상책인 것입니다."

은교는 벌써부터 마음이 흔들리기 시작했지만, 차마 입 밖으로 속내를 드러내지 못했다.

"선생의 말씀이 비록 옳으나 천하의 운수가 이미 정해졌으니 어찌하겠소? 내 아비는 무도하여 천명과 인심이 모두 떠나고 있고 서주군주는 지금 막 흥성하니, 내가 어찌 감히 하늘을 거역한단 말이오! 또한 자아는 장상의 재주를 지니고 있고 마침내 어진 덕을 천하에 펴고 있는지라, 제후들이 그에게 동조하지 않는 자가 없는 실정이오. 내 사부께서는 일찍이 나더러 하산하여 강 사숙이 5관으로 동진하는 것을 도우라 하셨으니, 내 어찌 감히 사부의 말씀을 저버린단 말이오? 이 일은 단연코 선생의 말을 따르기 어렵겠소."

신공표는 곰곰이 생각했다.

'이 말로는 저 자를 움직이기 힘들겠는걸. 좋다, 다시 한번 건드려보아 어떻게 하나 두고 보자.'

신공표가 말했다.

"은 전하, 전하는 강상에게 덕이 있다 하나 그의 덕이 어디에 있단 말이오?"

"자아는 사람됨이 공평정직하고 현명한 선비들을 예로써 대하며 어질고 의로우며 자상하다 합니다. 곧 양심 있는 군자이자 도덕장부인지라 천하가 그에게 복종하고 있으니 어찌 그를 홀시할 수 있겠소?"

"전하께서는 모르고 계시는 게 있습니다. 듣건대 덕 있는 자는 인간의 윤리를 멸하지 않고 인간의 천성을 버리지 않으며, 망령되게 무고한 사람을 죽이지도 않고 스스로의 공을 내세우지도 않는다고 했습니다. 전하의 아버님께서는 진정 천하에 죄를 얻어 원수가 될 수 있다 하더라도, 전하의 친동생인 은홍 역시 서주를 도우려 하산했는데, 자아는 자신의 공만을 생각하여 태극도로써 전하의 친동생을 재로 만들었답니다. 이것이 덕있는 자가 할 바입니까, 덕없는 자가 할 일입니까? 이제 전하께서는 혈육을 잊고 원수를 섬기려 하시는데, 내가 전하라면 그렇게는 할 수 없는 일이지요."

은교가 그 말을 듣고 크게 놀라 말했다.

"선생, 그런 일이 있었단 말이오?"

"천하가 다 아는 일인데 내가 어찌 허튼소리 하겠습니까? 사실대로 말하자면 지금 장산張山이 서기에 인마를 주둔시키고 있으니 그에게 물으시기 바랍니다. 만약 은홍 전하께 그런 일이 없었다면, 그때 서기로 들어가도 늦지는 않을 것입니다. 만약 그런 일이 있었다면, 전하는 마땅히 동생을 위해 복수를 해야 할 것입니다. 내가 이제 전하께 한 사람의 고수를 모셔다드릴 터이니, 전하께 미력하나마 힘이 되어드릴 수 있을 것입니다."

신공표는 호랑이를 타고 가버렸다. 은교는 심히 의혹이 생겨 인마를 재촉해 서기로 갔다. 은교는 도중에 묵묵히 생각해 보았다.

'내 동생은 천하에 원수진 일이 없는데 어찌 죽음으로 다룰 수 있단 말인가? 그런 일은 절대로 없었으리라.

만약 자아가 과연 그렇게 했다면, 나는 강상과는 맹세코 양립할 것이다. 반드시 동생을 위해 복수를 해야 할 것이니 다시 생각해 보아야 하겠구나.'

인마는 도중에서 하루도 머물지 않고 서기에 이르렀다. 과연 한 무리의 인마가 성탕의 깃발로 그곳에 주둔하고 있었다. 은교는 온량에게 먼저 진영으로 가서 과연 장산이 주둔하고 있는지 물어보게 했다.

한편 장산은 우익선이 그날 저녁 떠나버린 뒤 이틀 동안이나 돌아오지 않자 사람을 보내 탐문케 했으나 믿을 만한 소식을 얻을 수 없었다. 그렇게 고민하고 있을 때 갑자기 군정관이 보고를 해왔다.

"진영 밖에 어떤 장수가 와서 '전하께서 납시었으니 원수는 나와 영접하라'고 말하고 있으나, 무슨 영문인지 모르겠습니다. 원수께서 결정을 내리십시오."

장산이 그 보고를 듣고 까닭을 몰라 곰곰 생각했다.

'전하께서는 이미 타계하셨는데 어찌 이곳에 올 수 있단 말인가?'

그러나 황급히 영을 내렸다.

"들라 하라."

군정관은 진영을 나가 찾아온 장수에게 말했다.

"원수께서 뵙자 하십니다."

온량이 진영으로 돌아와 장산을 뵙고 절을 했다. 장산이 물었다.

"어디서 오셨소? 어떤 유지라도 갖고 오셨소이까?"

"저는 장군을 상견하랍시는 은교 전하의 명을 받들고 왔습니다."

장산이 이금에게 말했다.

"전하께서는 이미 돌아가셨는데, 어떻게 이곳에 전하께서 계실 수 있단 말인가?"

이금이 옆에서 말했다.

"아마 진실인 듯싶습니다. 원수께서 가서 만나뵙고 그 진위를 살피신 뒤에 다시 처리하시는 것이 좋겠습니다."

장산은 그 말을 따라 이금과 함께 진영을 나와 군진 앞에 이르렀다. 온량이 먼저 은교진영에 들어가 은교에게 말했다.

"장산이 도착했습니다."

"들라 하라."

장산이 진영에 들어가 보니, 은교는 머리가 셋이요, 팔이 여섯으로 외모가 흉악했으며, 좌우에 서 있는 온량과 마선 또한 모두가 눈이 셋이었다.

장산이 물었다.

"전하께 아뢰옵니다. 성탕의 어느 종파이온지요?"

은교가 말했다.

"내가 곧 큰전하 은교요."

그리고는 지난 일들을 한바탕 이야기해 주었다. 장산은 그 말을 듣고 자기도 모르게 크게 기뻐서 황망히 예를 올리고 말했다.

"전하!"

은교가 말했다.

"그대는 둘째전하 은홍의 일을 아는가?"

"둘째전하께서는 서기를 정벌하시려다가 강상에 의해서 태극도로 재가 되신 지 이미 오래 되었습니다."

은교는 이 말을 듣고 통곡하며 땅 위에 엎어졌다. 벌써부터 흘러내린 눈물이 옷깃을 적시니, 보는 사람들의 마음이 더욱 아팠다. 장수들이 겨우 그를 부축해 일으켜 세웠다. 은교가 방성통곡하며 말했다.

"동생이 과연 악인의 손에 죽었구나!"

그리고는 벌떡 일어나 영전令箭을 하나 꺾어 두 동강 내며 말했다.

"만약 강상을 죽이지 못한다면 맹세코 이 화살과 같이 되리라!"

다음날, 은교는 친히 말을 내어 달려가 강상에게 나오

라고 호령했다. 정탐병이 성 안으로 들어가 승상부에 보고했다.

"성 밖에서 은교 전하가 승상을 나오시라 청합니다."

자아가 깜짝 놀라 생각했다.

'지난번에는 동생 은홍이 홀연 나타나더니, 이제는 형마저 난데없이 나타났구나!'

즉시 영을 내렸다.

"군사들은 대오를 갖추고 성을 나가라."

포성이 한 번 울리고 서기의 문이 열리더니, 범 같은 영웅들이 짝을 이루고 전마는 쌍쌍이 날듯이 나서며 좌우에 각 동부의 문인들이 늘어섰다. 자아가 상대진영에서 나온 사람을 보니, 머리가 셋에 팔이 여섯이며, 푸른 얼굴에 입술 밖으로 삐져나온 이빨을 갖고 있었다. 좌우에는 온량과 마선이 각각 병기를 들고 말을 타고 있었다. 나타가 남몰래 웃었다.

"세 사람의 눈이 모두 아홉이니, 네 사람하고도 반이 더 많구나!"

은교가 말을 달려 군진 앞에 나서며 소리쳤다.

"강상은 나를 보러 나오라."

자아가 앞으로 나섰다.

"거기 온 사람은 뉘시오?"

"나는 큰전하 은교니라. 네놈이 태극도로 내 동생 은홍을 재로 만들었다니 이 한을 어찌 삭인단 말이냐?"

자아는 그 연고를 몰라 응답해 소리쳤다.

"그 일은 스스로 죽음을 자초한 것일 뿐 나와는 아무런 상관도 없는 일입니다."

은교는 그 말을 듣고 큰소리를 지르며 자지러질 듯이 대노했다.

"망종 같으니! 그래도 네놈과 무관하다 말을 하느냐!"

말을 달려 극을 흔들며 짓쳐 달려왔다. 옆에서 나타가 풍화륜을 몰아 화첨창으로 은교를 찔러 들어갔다. 수레와 말이 뒤엉켜 몇 합을 나누기도 전에 은교의 번천인이 나타를 풍화륜 아래로 떨어뜨렸다. 황천화는 나타가 실패하는 것을 보고 옥기린을 재촉해 두 자루 은추를 휘두르며 은교를 상대했다. 자아의 좌우에 있던 사람들이 나타를 구해 돌아왔다.

황천화는 은교가 낙혼종을 갖고 있다는 것을 몰랐다. 은교가 종을 흔들자 황천화는 안장 위에서 굴러 떨어졌다. 장산이 말을 달려 황천화를 잡아 새끼줄에 묶고 나서야 그는 사로잡힌 줄을 알았다.

황비호는 아들이 잡힌 것을 보고 오색신우를 몰아 싸우러 나갔다. 창과 극이 서로 어우러졌다. 다시 몇 합을 싸우다가 낙혼종을 흔들자, 황비호 역시 신우에서 떨어져 일찌감치 마선과 온량에게 잡혀가 버렸다.

양전이 옆에서 보니, 은교가 번천인으로 신통력을 부리고 낙혼종을 흔들어대는지라, 자아가 부상당할까 두려워 뜻대로 하지 못하고 황망히 징을 울려 대오를 거두었다. 자아는 황급히 성으로 들어간 뒤, 전 위에 앉아 괴로워했다.

양전이 전에 올라 아뢰었다.

"사숙, 이제 다시 한바탕 괴이한 일이 벌어지는군요!"

"무엇이 괴이하다는 것인가?"

"제자가 보니, 은교가 나타를 때린 것은 번천인인데, 이 보물은 광성자 사백의 것입니다. 은교가 그것을 갖고 있다니 천만 모를 일입니다."

"설마 광성자가 시켜 나를 치게 한 것은 아니겠지?"

"은홍의 일을 사숙께서는 잊으셨습니까?"

자아는 그제야 깨달았다.

한편 은교는 황씨부자를 중군으로 데려왔다. 황비호가 자세히 살피니 은교가 아니었다.

은교가 물었다.

"그대는 누구인가?"

황비호가 말했다.

"나는 무성왕 황비호이다."

"서기에도 무성왕 황비호가 있단 말인가?"

장산이 옆에 앉아 있다가 몸을 구부리며 대답했다.

"이 자가 천자의 대전 앞에 있던 황비호로, 5관에서 반역하여 서주왕에게 투항했습니다. 바로 이 역적 때문에 군사를 일으킨 것입니다. 이렇게 사로잡혔으니, 바로 '하늘의 그물은 크고 넓어 성긴 듯하지만 새는 곳이 없다'는 말대로입니다. 저 스스로가 죽음을 자초한 것입니다."

은교가 그 말을 듣고 황망히 전상에서 내려와 친히 결박을 풀며 말했다.

"은인이시여! 지난날 장군이 아니었다면 어찌 오늘을 보장할 수 있었겠소?"

황비호도 그제야 은교임을 알아보고 놀라 엎드렸다. 잠시 뒤 은교가 물었다.

"이 사람은 누구입니까?"

"저의 맏자식 천화입니다."

은교는 급히 영을 내려 놓아주라 하고 황비호에게 말했다.

"지난날 장군께서 우리 형제를 구해 주셨기에 오늘 그대 부자를 놓아주어 전날의 덕을 갚으려는 것이오."

황비호는 감사하다는 말을 마치고 물었다.

"전하께서는 그때 바람에 날려 사라지셨는데 어디에 계셨습니까?"

은교는 근본을 말하면 기밀이 샐까 싶어 모호하게 대답했다.

"그때 해도의 선인이 나를 구해 주어, 산에서 학업을 닦다가 이제 특별히 하산하여 내 동생의 원수를 갚으러 왔소. 오늘 내가 이미 장군의 대덕에 대해서는 보답을 했으니, 만약 뒤에 싸움을 치른다면 행여 피하길 바라오. 만에 하나 다시 붙잡힌다면 그때는 반드시 국법으로 바로잡을 것이오."

황비호는 마음이 매우 착잡했다. 은혜를 원수로 갚는다더니, 수년의 세월이 살같이 흘러 그때의 은인지간이 이제 이렇게 원수지간으로 다시 만났으니 하늘의 뜻은 참으로 이해하기 어려웠다. 저절로 눈물이 흘러내렸지만 언제까지나 과거지사에 매달릴 수는 없었다. 황비호는 마지막으로 예를 갖춰 절하고 나서 일어섰다.

황비호 부자는 작별인사를 하고 진영을 나와 서기성 아래에 가서 소리쳤다. 수문관들이 황비호 부자를 보고 황망히 성문을 열어 들여놓았다.

황씨부자가 승상부에 이르니 자아가 황망히 맞았다.

그리고 지난 일들을 다 말하자 자아는 크게 기뻐했다.

다음날 정탐병이 보고했다.

"어떤 장수가 와서 싸움을 청합니다."

자아가 물었다.

"누가 나가보겠소?"

옆에 서 있던 등구공이 자원하고 자아의 명령으로 승상부를 나섰다. 병졸들이 성문을 여니, 한 장수가 백마를 타고 담황색 도포를 입고 장창을 손에 들고 있었다.

등구공이 소리쳤다.

"거기 온 사람은 누구인가?"

"나는 대장 마선이다."

등구공이 통성명을 하다 말고 말을 달려 칼을 휘두르며 날듯이 짓쳐 들어가자, 마선은 창으로 맞이했다. 두 마리의 말이 오가며 10여 합을 싸웠는데, 등구공의 도법이 귀신같은지라 마선은 대적해내지 못했다.

등구공은 칼로 마선의 창을 비껴 막으면서 그의 허리띠를 잡아채 말안장에서 떨어뜨렸다. 등구공은 마선을 생포하여 승상부 앞에 데려다놓고 자아를 뵈었다.

자아가 물었다.

"장군께서는 승부가 어찌 되셨습니까?"

"장수 하나를 잡았는데 이름은 마선이랍니다. 승상부

앞에서 명을 기다리고 있습니다."

"끌고 오라."

잠시 뒤, 마선이 전 앞으로 끌려왔다. 그러나 마선은 전혀 두려움 없이 꼿꼿이 서서는 무릎조차 꿇지 않았다.

자아가 말했다.

"이미 사로잡혔는데 어째서 무릎을 꿇지 않는가?"

마선이 큰소리로 웃으며 욕지거리를 퍼부었다.

"늙은 쭈그렁이 같으니! 네놈은 바로 나라에 반역을 한 역적이다. 내 이미 사로잡혔으니 죽이려거든 죽일 것이지 어찌 다른 말이 많으냐?"

자아는 대노하여 영을 내렸다.

"끌고 나가 참수한 뒤 보고하라!"

남궁괄이 감참관監斬官이 되어 마선을 승상부 앞으로 끌고 나가 행형전行刑箭이 나오는 것을 보고 칼을 내려치니 마치 배추를 베듯 했다.

그러나 참으로 놀라운 일이 벌어졌다. 분명히 남궁괄의 칼날이 목을 베고 지나갔는데도 그 자리에는 아무런 상처도 남지 않았다. 마치 물을 베는 듯했다.

남궁괄이 놀라 황망히 승상부로 들어가 보고했다.

"진실로 심상치 않은 일이 벌어졌습니다!"

"무슨 말을 하려는 것입니까?"

"영을 받들고 마선을 세 번 연달아 베었으나 이쪽에서 칼이 지나가면 저쪽에서 금방 새로 자라나니 어떤 환술인지를 모르겠습니다. 승상의 결단이 있으셔야 되겠습니다."

자아가 그 보고를 듣고 크게 놀라 뭇 장수들과 함께 부를 나와 친히 베었으나 역시 마찬가지였다. 옆에서 위호가 항마저로 신통력을 부려 내려치니, 마선의 정수리를 맞추자마자 한 줄기 금빛이 되어 땅 위로 흩어졌다. 위호가 항마저를 거두었으나 마선은 여전히 사람의 모습을 하고 있었다. 문인들이 크게 놀라 소리를 질렀다.

"괴이하도다!"

자아는 어찌 할 바를 몰라 문인들에게 명했다.

"삼매진화三昧眞火로 이 요물을 태워버리도록 하라!"

옆에서 나타와 금타·목타·뇌진자·황천화·위호가 삼매진화로 마선을 불태웠다. 마선은 불꽃을 타고 올라가며 큰소리로 웃으며 말했다.

"나는 가노라!"

양전은 불꽃 속에서 마선이 달아나는 것을 보았다. 자아는 무거운 마음으로 모두를 승상부에 들게 하여 상의토록 했다.

한편 진영으로 돌아온 마선은 은교에게 잡혀가서 어

떻게 참수되었고 어떻게 불에 태워졌는지를 차근차근 이야기했다.

"소장은 불꽃을 빌어 돌아온 것입니다."

은교는 그 말을 듣고 기뻐했다.

자아가 깊은 생각에 빠져 있을 때 양전이 전에 올라 말했다.

"제자가 구선산에 가서 허실을 탐지하고 어찌되었는지 보고 오겠습니다. 그런 다음 종남산에 가서 운중자 사숙을 뵙고 조요감照妖鑑을 빌어 마선이 어떠한 요물인지 알아본다면 그를 처치할 수 있을 것입니다."

자아는 그것을 허락했다. 서기를 떠난 양전은 토둔법으로 구선산에 이르러 오래지 않아 곧 도원동에 이르렀다. 광성자가 맞이하자 양전은 예를 행하고 말했다.

"사숙!"

광성자가 말했다.

"지난번에 은교를 하산케 하여 자아를 도와 천자를 정벌하라 명했는데, 머리 세 개에 팔 여섯이 대단하지 않던가? 강상의 장수임명일을 기다렸다가 다시 가서 그에게 분부해야겠네."

"무슨 말씀이십니까? 지금 은교는 조가를 정벌하지 않

고 도리어 서기를 정벌하려 들면서 사숙의 번천인으로 나타 등에게 상처를 입히고 멋대로 날뛰고 있습니다. 그래서 제자는 명을 받들고 특별히 그 허실을 탐문코자 온 것입니다."

광성자가 그 말을 듣고 소스라치듯 놀랐다.

"이 짐승 같은 놈이 스승의 말을 어기고 생각지도 못했던 화를 저질렀구나! 맹세까지 하고서 어찌 스승을 이렇게 모독할 수 있단 말인가! 나는 이곳의 보물을 모두 그에게 주었으니 어찌하면 좋겠는가? 누가 오늘의 변을 알았겠는가?"

그런 다음 양전에게 소리쳤다.

"그대는 먼저 가 있으라. 내 곧 뒤따르겠노라."

구선산을 떠난 양전은 잠깐 새에 종남산에 이르렀다. 동부에 들러 곧 운중자를 만나 예를 행하고 말했다.

"사숙 어르신, 지금 서기에 마선이라는 사람이 와 있는데, 그를 참살해도 죽일 수가 없고 물과 불로도 상하게 할 수가 없으니, 어떤 물건이 요술을 부리는지 모르겠습니다. 특별히 사숙의 조요감을 빌려 이 요물을 처치한 연후에 다시 돌려드리도록 하겠습니다."

운중자는 그 말을 듣고 곧 보감을 양전에게 주었다. 종남산을 떠난 양전은 서기에 이르렀다. 양전은 자아에게 앞서의 일들을 하나하나 보고하고, 또 조요감을 빌려온 일도 이야기했다.

다음날, 양전이 적진 앞으로 가서 싸움을 청하면서 다만 마선에게 나오라고 호명했다.

정탐병이 중군에 보고하자 은교는 마선으로 하여금 대적하게 했다. 마선이 군영 앞에 이르자 양전이 몰래 보감으로 그를 비춰보니, 그 안에 등불이 하나 있었다. 양전은 보감을 거두어두고 말을 몰아 마선에게 짓쳐들었다.

두 마리의 말이 엇갈리며 칼과 창이 함께 어우러졌다. 싸움이 30여 합쯤 진행된 뒤에 양전이 말을 빼내 달아났다. 마선은 쫓아가지 않고 진영으로 돌아가 은교에게 회답했다.

"양전과 싸우다 그놈이 패주하기에 소장은 쫓지 않았습니다."

"자신을 알고 상대방을 아는 것, 이것이야말로 병가의 요결이니 그렇게 행동한 것이 옳소."

한편 양전이 승상부로 돌아오자 자아가 물었다.
"마선은 어떤 물건이 요술을 부리는 것인가?"
"제자가 마선을 비춰보니 등잔이었는데 자세한 것은

모르겠습니다."

옆에서 위호가 말했다.

"세간의 세 곳에 세 개의 등잔이 있는데, 현도동玄都洞 팔경궁八景宮에 하나가 있고, 옥허궁에 하나가 있으며, 영취산에 하나가 있다고 들었습니다. 이 등잔이 요술을 부린 것이 아니겠습니까? 양 도형이 세 곳에 가서 한번 보면 그 단서를 알 수 있을 것입니다."

양전이 흔쾌히 가겠다고 하자 자아가 허락했다. 양전은 곧 서기를 떠났다. 그는 먼저 곤륜산 기린애에 이르러 천하제일의 경치를 살폈다. 그러나 감히 들어가지 못하고 궁 밖에서 서성였다.

한참을 기다린 뒤에야 백학동자가 궁을 나오는 것이 보였다. 양전이 앞으로 나가 예를 올리며 말했다.

"사형, 사제 양전이 여쭙기로 어르신 면전에 있는 유리등이 켜 있던가요?"

"켜 있소."

양전이 혼자 생각했다.

'켜 있다면 이곳은 아니니 다시 영취산으로 가보리라.'

서둘러 작별을 고한 뒤에 옥허궁 떠나 금방 영취산으로 갔다. 양전은 원각동에 들어가 몸을 숙여 절을 하고 말했다.

"스승님, 제자 양전 인사드립니다."

연등도인이 물었다.

"그대는 어쩐 일로 왔는가?"

"스승님 면전의 유리등이 꺼졌군요."

도인이 머리를 들어 등이 꺼진 것을 보고는 "앗!" 하고 소리쳤다.

"이 못된 놈이 도망질을 했구나!"

양전은 앞서의 일들을 한바탕 이야기했다.

"그대는 먼저 가 있으라. 내 곧 뒤따르겠노라."

연등도인과 헤어진 양전은 서기로 돌아와 옥허궁에서의 일과 연등도인을 만난 일을 이야기했다. 한껏 들뜬 자아가 이런저런 일을 이야기하는데 수문관이 와서 보고했다.

"광성자께서 오셨습니다."

자아가 영접하러 전 앞으로 나가자 광성자가 서둘러 사죄했다.

"빈도는 이렇게 큰 변고가 있을 줄 미처 몰랐습니다. 어찌 은교가 나를 배반할 줄 알았겠습니까? 이는 곧 나의 죄입니다. 내가 가서 그를 불러 만나보겠습니다."

광성자는 곧 진 앞에 나가 크게 소리쳤다.

"은교에게 빨리 나와 나를 만나라고 전하라!"

64
羅宣火焚西岐城

나선이 서기성을 불태우다

정탐병이 중군에 보고했다.

"도인 한 분이 전하를 뵙자고 합니다."

은교가 가만히 생각해 보았다.

'어느 도인이 내가 여기 있는 줄 알고 찾아왔을까? 혹시 우리 사부께서 오신 게 아닐까?'

곧 진영을 나가보니 과연 광성자였다. 은교는 황급히 말 위에서 몸을 굽히고 말했다.

"사부님, 제자는 군장을 꾸렸기로 감히 머리를 조아려 절을 올리지 못합니다."

광성자는 은교가 용포를 입은 것을 보고 큰소리로 말했다.

"이 짐승 같은 놈! 산에서 한 말을 잊었느냐? 네놈이 어찌하여 생각을 고쳐먹었더란 말이냐?"

은교가 울며 말했다.

"사부님께서는 제자가 아뢰는 말을 들어보십시오. 제자는 명을 받고 산을 내려오다가 온량과 마선을 거두었으며, 중도에 신공표 도인을 만났는데 그가 제자에게 천자를 도와 서주를 토벌하라고 했습니다. 제자가 어찌 스승의 말씀을 저버렸겠습니까? 제자는 아비가 잔혹하여 어질지 못하고 행실이 방자하여 무도하기로 천하에 죄를 얻은 것을 알고 있으니, 제자가 어찌 감히 천명을 어기오리까? 다만 저의 어린 동생이 무슨 죄를 지었기에 태극도로 재를 만들어 버렸단 말입니까? 제 동생이 왜 이토록 비참한 지경을 당한 것인지요? 이 어찌 어진 마음을 가진 이가 할 짓이며, 이 어찌 덕행을 행하는 군주가 할 짓입니까? 그 말을 하자면 마음이 아프고 뼈를 깎는 듯합니다. 사부께서는 오히려 저더러 원수를 섬기라 하시니, 이것은 진실로 무슨 마음에서 그러신 것입니까?"

은교는 말을 마치고 나서 목놓아 크게 울었다.

"은교야, 너는 신공표와 자아가 척진 일을 모르는구

나. 그는 너를 속이는 말을 한 것이니 깊이 믿지 말거라. 그리고 그 일은 네 동생이 스스로 불러들인 재앙이니 실로 하늘의 운수였다."

"신공표의 말이 진실로 믿을 만하지 못하고 제 동생의 죽음도 하늘의 운명이라 하시니, 결국 제 동생이 스스로 태극도로 들어가 그런 참혹한 극형을 찾아간 게 되는군요. 사부의 말씀은 참으로 가소롭습니다. 이제 형은 살고 동생은 죽었으니 실로 참담할 뿐입니다. 사부께서는 돌아가십시오. 제자가 강상을 죽여 동생의 원수를 갚고 나서 동정東征을 의논하기로 하겠습니다."

"너는 네가 맹세했던 말을 기억하고 있느냐?"

"제자는 알고 있습니다. 그 액운을 받아야 한다면 죽더라도 달게 받겠습니다. 결단코 홀로 살아남을 일을 도모하지는 않을 것입니다!"

광성자는 크게 노하여 소리치면서 검을 들어 공격하자 은교는 극으로 막아내면서 말했다.

"사부께서는 이해 못할 이유로 저에게서 마음을 돌리시니 실로 치우친 마음이 있으신지요. 만약 한때나마 예를 잃는다면 사제간에 보기가 좋지 않을 것입니다."

광성자가 다시 검을 내려치자 은교가 말했다.

"사부께서는 어찌하여 다른 사람 때문에 귀중하신 천

성을 돌아보지 않는 것입니까? 사부께서 말씀하시는 천도天道니 인도人道니 하는 건 모두가 억지소리가 아닌지요?"

"이것은 하늘의 운명이다. 그것을 네 스스로 깨달으려 하지 않은 채 스승의 말을 거스른다면 반드시 스스로를 죽이는 화를 자초하리라."

광성자가 다시 검을 한번 내려치자 은교는 얼굴이 온통 뻘게지도록 화가 나서 말했다.

"제자는 세 차례나 참았습니다. 스승께서 이토록 무정하게 대하고 당신 생각만을 고집하시며 스스로 수족을 망치신다면, 제자도 더 이상 돌아보지 않으렵니다."

곧 손을 뻗어 극을 돌렸다. 스승과 제자 두 사람이 다섯 합을 채 끝내지 못했을 때, 은교가 번천인으로 신통력을 부렸다. 광성자는 다급해져 종지금광법을 써서 도망쳤다.

황망 중에도 광성자는 분하기 이를 데 없었다. 번천인을 은교에게 전했을 때, 어찌 오늘과 같이 스승을 공격하는 데 사용할 줄 알았겠는가!

광성자가 승상부로 돌아오니 자아가 맞이했는데, 광성자의 낯빛이 평소와 같지 않은 것을 보고 황급히 물었다. 광성자가 말했다.

"알고 보니 그 녀석도 신공표의 말을 듣고 생각을 바

꾼 것이었소. 실로 제 동생 은홍과 같은 꾐에 빠진 것이었지요. 내가 재삼 권했지만 끝내 따르질 않아 내가 화가 나서 그 녀석과 한바탕 싸움을 벌였는데, 저 되먹지 못한 놈이 오히려 번천인으로 나를 공격했소. 내 그 때문에 돌아와 다시 상의드리는 것이오."

자아는 번천인이 대단하다는 것을 모르고 있었다. 막 이야기하고 있는데 수문관이 보고했다.

"연등도인께서 오셨습니다."

두 사람은 황망히 승상부를 나와 영접했다. 전 앞에 이르러 도인이 자아에게 말했다.

"나의 유리등조차도 그대를 찾고 있으니 이 모두가 하늘의 명이오."

"천명이 그렇다면야 마땅히 받아야지요."

"은교의 일은 크고 마선의 일은 작으니, 내가 우선 마선을 잡아들이기를 기다렸다가 그때 가서 다시 대책을 세우기로 합시다."

그리고는 곧이어 자아에게 하나의 계책을 일러주었다. 자아는 그 계책을 따르기로 했다.

다음날 자아는 단신으로 말을 타고 성을 나와 말했다.

"마선은 나를 보러 나오라!"

좌우의 정탐병이 들어가 알리자 은교가 조용히 생각했다.

'어제 사부님이 나를 만났으나 아직 승리를 거두지 못했는데, 오늘은 자아를 시켜 혼자 말을 타고 성을 나와 마선을 보자는 것은 필시 무슨 연고가 있음이라. 마선더러 대적하라 하고 어찌될지 두고 봐야겠군.'

명을 받은 마선이 창을 꼬나쥔 채 말에 올랐다. 그는 대군영 영문을 나서서 대꾸하지도 않고 자아에게 짓쳐 들었다. 자아는 검을 들어 맞으며 몇 합이 지나지 않아 동남쪽을 향해 달아났다. 마선이 곧 뒤쫓았다.

마선은 본주인이 그를 기다리고 있는 줄도 몰랐다. 마선이 화살을 날릴 만큼의 거리에도 미치지 못했을 때 버드나무 그늘 아래에 한 도인이 서 있는 것이 보였다. 자아가 지나간 다음 그 도인은 길을 막아서며 큰소리로 말했다.

"마선아! 너는 나를 알아보겠느냐?"

마선은 그가 누군지를 몰라 창으로 찔러 들어갔다. 연등도인이 소매에서 유리를 꺼내 허공에 대고 신통력을 부리니, 그 유리가 아래로 떨어져 내렸다. 마선이 머리를 들어 바라보다 곧 피하려 할 때, 연등도인이 급히 황건역사에게 영을 내렸다.

"등의 불꽃을 가지고 영취산으로 돌아가거라."

역사는 쉽게 마선을 거두어 영취산으로 데려갔다. 마선은 곧 불꽃이기 때문이었다.

장산의 정탐병이 중군에 보고를 올렸다.

"전하께 아룁니다. 마선이 강상을 쫓아갔는데, 한 줄기 빛이 보이더니 말만 남아 있고 마선은 보이지 않았습니다. 아직 함부로 처리하지는 못했을 것이오니, 명을 내려 가부를 결정함이 옳을 줄 아옵니다."

은교는 보고를 듣고 마음속으로 의혹이 일어 곧 명을 전했다.

"포를 쏘고 진영을 나가 자아와 자웅을 겨루리라."

연등도인은 마선을 거두고 막 돌아와 광성자와 함께 은교의 일을 의논할 때 정탐병이 보고를 올렸다.

"은교 전하가 승상의 대답을 청하고 있습니다."

연등도인이 말했다.

"자아공, 그대가 가보도록 하시오. 그대에게는 행황기杏黃旗가 있으니 몸을 보호할 수 있을 것이오."

자아는 명을 듣고 수하들과 함께 황망히 성을 나섰다. 자아는 홀로 앞에 나서서 은교에게 말했다.

"은교 전하, 전하는 스승의 명을 저버렸으니 쟁기와 호미의 액을 면하기 어려울 것이오. 일찌감치 창을 버리고 스스로 후회할 일이 없도록 하시오."

은교는 노하여 이를 악물며 큰소리로 내뱉었다.

"너 같은 나부랭이가 내 동생을 재로 만들어버리다니! 네놈과 나는 맹세코 양립할 수 없으리라!"

이에 말을 몰아 극을 휘두르며 자아에게 짓쳐들었다. 극과 검이 서로 교차하는 것이, 용이 서린 못과 범이 사는 굴과 같았다.

한편 온량이 말을 타고 도우러 나오자, 이쪽에서는 나타가 풍화륜을 타고 나와 막았다. 양쪽에서 일대 접전이 벌어졌다.

온량이 백옥환白玉環 고리로 신통력을 부려 나타를 때리자, 나타 역시 건곤권으로 신통력을 부리니, 금이 옥을 때려 산산이 깨뜨려버렸다.

온량이 크게 소리질렀다.

"나의 보물을 상하게 했구나! 어찌 그냥 둘 수 있을까보냐!"

다시 나타에게 대들었다. 온량은 나타의 금벽돌에 등짝을 정통으로 맞아 앞쪽으로 한번 가우뚱했다. 그가 말머리를 돌려 막 도망가려는 그 순간 양전의 탄알이 어깻죽지를 꿰뚫었다. 말에서 떨어진 온량은 비명을 지르다 곧 죽어버렸다.

은교는 온량이 말에서 떨어져 죽는 것을 보고는 황급히 번천인으로 자아를 때렸다. 자아가 행황기를 펴니 곧 만 갈래의 금빛이 나오고 상서로운 구름이 뒤덮였다. 다시 천 송이의 흰 연꽃이 나타나 그의 몸을 보호했으며, 번천인은 허공에 매달려 내려오지 않았다. 자아가 곧 타신편으로 은교의 등을 내려치니 은교는 말 위에서 곤두박질치며 떨어졌다.

양전이 급히 앞으로 나와 그의 목을 베고자 했을 때, 장산과 이금이 말을 타고 앞다퉈 나왔다. 그러는 사이 은교는 토둔법을 활용하여 도망쳤다.

싸움에서 승리한 자아가 성으로 들어가자 이를 맞아들인 연등도인이 광성자와 함께 의논하여 말했다.

"번천인은 막아내기 어렵네. 자아의 장수임명일이 이미 코앞에 닥쳐왔으니 길일을 놓칠까 두렵구먼. 이 모든 죄과가 그대에게 돌아가게 되리라."

광성자가 말했다.

"스승께서 저에게 계책을 세워주십시오. 어찌하면 이 악을 제거할 수 있겠습니까?"

연등도인이 말했다.

"다스릴 계책이 없으니 어쩌겠나, 어찌하겠나!"

한편 은교는 상처를 입고 진영으로 돌아오니 마음이 천 길 낭떠러지 같았다.

그때 대군영 앞에 한 도인이 찾아왔는데, 물고기 꼬리 같은 어미관魚尾冠을 쓰고 얼굴은 대춧빛이었다. 붉은 수염에 붉은 머리카락, 눈은 세 개이며, 커다랗고 붉은 팔괘복을 입고 적연구赤烟駒 망아지를 타고 있었다. 도인이 말에서 내려 소리쳤다.

"은교 전하께 내가 뵙고자 한다고 알려라."

군정관이 중군에 알리자 은교가 들게 했다.

잠시 뒤에 도인이 군막 앞에 이르자, 전하가 황망히 몸을 굽히고 답하여 말했다.

"선생께서는 위로 오르시지요."

도인 역시 사양하지 않고 곧장 가서 앉았다.

은교가 말했다.

"선생의 성함은 어찌 되시는지요? 어느 명산 어느 동부에 계십니까?"

빈도는 화룡도火龍島의 염중선焰中仙 나선羅宣이라 하오. 신공표와는 서로 내왕이 있으니, 내 일부러 와서 전하께 미력하나마 힘이 되고자 하는 것이오."

은교는 크게 기뻐하며 술을 대접했다.

도인이 말했다.

"나는 소식素食을 하는 중이니 비린 것은 먹지 못하오."

은교는 명을 내려 채소요리로 차린 술상을 내오라 명했다.

그러나 군중에서 보낸 지가 사나흘이 되어도 나선이 도통 자아를 만나러 갈 생각을 하지 않았다. 은교가 물었다.

"선생께서는 저를 위해 오셨다 하시면서 어찌하여 며칠이 지나도록 자아를 만나러 가지 않으십니까?"

"내게 친구가 한 명 있는데 그가 아직 오지 않았소. 그가 오면 내 전하를 위해 반드시 공을 이룰 것이니 마음 쓰지 마십시오."

바로 그때 대군영 문밖의 군관이 소식을 알려왔다.

"도인 한 분이 찾아오셨습니다."

나선이 은교와 함께 마중했다.

잠시 뒤에 한 도인이 나타났는데, 누런 얼굴에 구레나룻 수염이었다. 검은 옷을 입은 그는 천천히 걸어왔다. 은교는 그를 맞이하여 상좌에 앉히고 예를 올렸다. 도인이 앉으니 나선이 물었다.

"현제는 어쩐 일로 늦었는가?"

"무기가 채 완성되지 않아서 늦었소이다."

은교가 도인에게 물었다.

"도인 어르신께서는 성함이 어찌 되시는지요?"

"나는 구룡도의 연기사煉氣士 유환劉環이라 합니다."

은교는 술자리를 새롭게 마련하여 밤이 이슥하도록 도사들을 대접했다.

다음날 아침, 두 도인은 서기성 아래에 이르러 자아의 대답을 청했다. 정탐병이 급히 승상부에 알렸다.

"두 도인이 대답을 청하고 있습니다."

자아가 곧 문인들과 성을 나와 대오를 배열했다. 싸움을 재촉하는 북소리가 울리자 은교진영에서 한 도인이 나섰는데 그 모습이 흉악하기 이를 데 없었다.

자아가 문인에게 말했다.

"저 사람은 온몸이 붉은색이며 말조차도 붉구나!"

제자들이 말했다.

"절교의 문하에는 괴이하게 생긴 자들이 심히 많습니다."

말이 아직 끝나기도 전에 나선은 단기필마로 앞장서서 달려들며 큰소리로 외쳤다.

"거기 온 사람이 자아인가?"

"도우, 그렇소이다. 도우는 어느 명산의 어느 동부에서 오셨소이까?"

"나는 화룡도의 염중선 나선이오. 내 오늘 그대를 만

나러 왔소. 다만 그대가 옥허의 문하에 의지해 우리 절교를 심히 욕보였다 하니, 내 일부러 이곳에 와서 그대와 자웅을 겨뤄 두 교의 고하를 알고자 하오. 이는 입으로 다툴 문제가 아닌 듯하오. 그대의 좌우 문인들은 앞으로 나올 것 없소. 생각건대 그대들은 재간이 능하다고 하기에는 역부족인 듯싶소. 다만 그대와 내가 고하를 견주고자 하오."

말을 마치자 적연구를 몰며 두 자루의 비연검飛烟劍으로 자아에게 달려들었다. 자아는 검을 들어 황급히 막아 싸웠다. 두 마리의 맹수가 휘돌아가며 몇 합을 나누기 전에, 나타가 풍화륜을 몰아 창을 흔들며 찔러 들어왔다. 나선 옆에 있던 유환이 펄쩍 발걸음을 내디뎌 나와서는 나타를 맞았다.

대저 자아의 문인이 많았으므로, 다짜고짜 양전은 삼첨도를 휘두르며 짓쳐들었고, 황천화는 쌍추를 휘두르며 싸움을 도왔다. 뇌진자는 두 날개를 벌리고 공중으로 날아올라 금곤金棍을 내리쳤다. 토행손은 빈철곤賓鐵棍을 휘둘러 아래 세 방향으로 찔러들었다. 위호는 발걸음을 크게 내딛으며 항마저로 머리를 내려쳤다. 유환을 사면팔방으로 에워싼 형국이 되었다.

나선은 자아문인들이 다짜고짜 한꺼번에 밀려오자

막아내지 못하고 급히 360개의 골절을 요동쳐 세 개의 머리와 여섯 개의 팔을 드러냈다. 한 손에는 조천인照天印을 잡고, 한 손에는 오룡륜五龍輪을 잡고, 한 손에는 만아호萬鴉壺 호리병을 잡고, 한 손에는 만리기운연萬里起雲烟을 잡았으며 또 두 손에는 비연검을 잡았으니, 그 얼마나 대단했겠는가?

나선이 오룡륜으로 황천화의 옥기린을 때렸으나, 재빨리 금타와 목타가 구해서 돌아갔다. 양전이 막 효천견을 몰래 풀어 나선을 물게 하려는데, 뜻밖에 자아가 먼저 타신편으로 신통력을 부려 허공에서 내리쳤다.

나선은 채찍에 맞아 거의 적연구에서 구를 뻔했다. 나타는 유환을 막아 싸우며 건곤권을 내려치자, 유환은 삼매화를 내뿜으며 덤볐으나 대패하여 돌아갔다.

장산이 서주군 대군영 문 앞에 이르러 보니, 서기의 많은 문인들이 무궁한 술법으로 신통력을 부렸다. 그렇게 각자가 승리를 얻어나가자 마음속으로 생각했다.

'오래지 않아 천자를 멸할 사람은 반드시 자아의 무리일 것이다.'

장산은 마음이 불편하기 한량없었으나 나선이 패하여 돌아오자 마중하여 위로했다. 나선이 말했다.

"오늘 강상이 채찍으로 나를 내리친 것을 막아내지 못

하여 하마터면 말에서 떨어질 뻔했소."

말하며 황급히 호로병에서 약을 꺼내 삼켰다. 상처가 치유되자 나선이 유환에게 말했다.

"오늘 일은 도저히 참을 수가 없구려. 내 반드시 지독한 방법을 쓸 것이오."

나선은 절치부심이었다. 유환이 말했다.

"저들이 이미 무정하게 대했으니 그렇게 하는 것이 마땅하네."

바로 자아에게 재난이 이르렀음이다. 그러나 자아는 승리를 얻은 것만 알고 군사를 돌렸으니, 어찌 이런 속내를 알았겠는가?

어느덧 시각이 2경에 이르자 나선은 유환과 함께 화둔법으로 적연구를 타고 만리기운연을 서기성 안으로 쏘아보냈다.

이 만리기운연은 곧 불화살이니 이것이 서기성 내에 이르자 가련하게도 동서남북 천지사방에서 불길이 일어나 승상부와 왕성 등 도처에서 연기가 치솟았다. 승상부에 잠시 쉬고 있던 자아는 백성들의 산천을 뒤흔드는 절규를 들었다.

연등도인은 이미 이를 알고 광성자와 머물던 곳에서 나와 불길을 살폈다. 실로 대단한 불길이었다. 처음에는 금빛 뱀과 같이 불꽃 몇 점이 날름거리더니 이내 온 성 안에 번져 산더미같이 뜨겁게 타올랐다. 검은 연기가 하늘 위 십 리까지 가렸고, 넘실대는 불꽃이 백 리 밖에서도 보일 정도였다.

때마침 광풍이 몰아치니, 불길은 차마 잡을 수 없이 이 집에서 저 집으로 이 성에서 저 성으로 마치 빠른 뱀이 스쳐가듯 옮아붙었다. 사람들은 다만 울부짖을 뿐 어찌 불길을 잡을 생각을 하겠는가! 곳곳에서 기름타는 냄새가 코를 막게 하니, 그 통에 죽은 사람이 이미 얼마인지 몰랐다.

자아진영에 내로라하는 도법을 지닌 문인들이 적지 않건만, 저마다 제 몸 하나 추스르기에도 바빴다. 그러하니 일반백성들이야 무슨 수로 그 재앙을 피할 수 있었겠는가!

무왕이 각처에서 불이 일어났다는 말을 들었을 때는 이미 궁궐 안에서조차 연기가 일고 있었다. 왕은 몸을 피할 생각에 앞서 황급히 붉은 섬돌에 꿇어앉아 후토后土와 황천에게 기도했다.

"희발이 무도하여 하늘에 죄를 지었기에 이 큰 액을 내리셨으니, 어찌 백성들에게까지 누를 끼치리오! 다만 상천께 비나니 희발만을 멸절시키소서! 만백성들이 이런 재앙을 당하는 것은 참기 어려운 일입니다."

땅에 엎드려 목놓아 통곡하니 눈물이 붉은 섬돌을 온통 적셨다.

나선의 좌도술법은 실로 대단했다. 나선이 만아호를 열어 만 마리의 불까마귀를 성 안으로 날려보내니, 입에서는 불을 토하고 날개에서는 연기가 일었다. 또 몇 마리의 화룡으로 오룡륜을 가운데로 의거하니, 적연구의 네 발굽에서는 뜨거운 화염이 일고, 비연보검에서는 붉은 빛이 뻗쳐나왔다. 어찌 돌담 돌벽이라고 타들지 않겠는가!

다시 유환의 불을 받아 잠깐 새에 모든 것이 끝장나고 화각과 대들보는 곧 무너질 듯했다.

나선이 한창 서기를 불태우고 있을 때, 봉황산 청란두궐의 용길공주龍吉公主가 왔다. 그녀는 호천상제昊天上帝의 친자식이며 요지금모瑤池金母의 딸로서, 속세를 그리워했다는 이유로 봉황산 청란두궐에 쫓겨와 있다가 이제 자아가 천자를 정벌한다는 말을 듣고 힘이 되고자 왔던 것이다. 바로 나선이 서기를 불태울 때, 용길공주는 이 틈을 빌어 자아를 상면코자 했음이다.

용길공주는 멀리 불 속에 천만 마리의 불까마귀가 있는 것을 보고 황망히 소리쳤다.

"벽운동자야, 무로건곤망霧露乾坤網 그물을 펼쳐 서기의 불에 덮어라."

이 보물에는 상생상극의 묘가 있었으니, 무로라고 하는 것은 진수眞水라. 수水는 능히 화火를 이길 수 있는 까닭이다. 곧 불이 꺼지고 그 즉시 만 마리 불까마귀를 모두 거두게 되었다.

나선이 바야흐로 마음껏 불태우고 있는데, 갑자기 불까마귀가 보이지 않았다. 앞으로 나가보니 한 여도사가 어미관을 쓰고 크고 붉은 비단옷을 입고 있었다.

나선이 큰소리로 외쳤다.

"난새를 타고 온 사람은 대관절 누구관데 감히 나의 불을 끄는 것이오?"

공주가 웃으며 말했다.

"나로 말하면 곧 용길공주로다. 그대에게 무슨 권능이 있기에 감히 악한 마음을 움직여 천심을 거역하고 현명한 군주를 해치려 하는가? 이에 내가 특별히 도우러 온 것이니, 그대는 속히 돌아가 몸을 망치지 말라."

나선은 대노하여 오룡륜으로 공주의 얼굴을 후려쳤다. 공주가 웃으며 말했다.

"내 그대에게 이런 기량밖에 없다는 것을 짐짓 알고 있다. 그대는 역량껏 힘을 발휘해 보라."

그렇게 말하며 사해병四海瓶을 꺼내 급히 오룡륜을 향하니 일륜이 병 속으로 들어가 버렸다. 화룡이 바다 속으로 들어가니 어찌 견뎌낼 수 있겠는가! 나선이 크게 소리지르며 만리기운연을 쏘았으나 공주는 다시 사해병으로 거둬들였다.

유환이 대노하여 발로 붉은 화염을 밟고 검을 빼들자 용길공주는 얼굴을 붉히더니 이룡검을 공중으로 던졌다. 유환이 더 이상 어떻게 당해내겠는가? 곧 유환은 목이 잘려 불 속으로 떨어졌다. 나선은 황급히 세 개의 머리와 여섯 개의 팔을 드러내 조천인으로 신통력을 부려 공주를 치려 했다. 그러나 공주가 검으로 한번 가리키니, 그 조천인마저 불 속으로 떨어졌다. 공주는 다시 검을 겨누었다.

나선으로서는 실로 대항하기 어려운 상대였다. 그는 곧 적연구를 타고 달아나려 했다. 공주가 다시 이룡검을 던져 망아지의 어깻죽지를 맞추니 망아지는 거꾸러지면서 나선을 불 속으로 떨어뜨렸다. 그는 겨우겨우 화둔법으로 도망치는 신세가 되었다.

공주는 황급히 비와 이슬을 내려 서기를 화염으로부터 구했다. 비를 시원스럽게 내려 곧 작은 불꽃을 껐고, 계속 더 주룩주룩 내려 이내 큰 불길까지 잡았다. 그 비오는 모습이 얼마나 장관인지, 마치 은하수가 서기성으로 기운 듯했다.

용길공주가 비를 내려 서기를 화염으로부터 구하니, 성 안 백성들은 모두 한 소리로 외쳤다.

"대왕의 홍복이 하늘에 이르러 은택을 내리시니, 우리 모두에게 천명이 있도다!"

성 안 남녀노소가 모두 기쁨에 들떠 지르는 소리가 온 천지를 울렸다.

그러나 하룻밤 새에 하늘이 뒤집히고 땅이 끓어올랐으니, 백성들 모두가 안주하지 못했다. 왕이 전 안에 들어 기도하자 백관이 비를 맞으며 문안을 올렸다.

승상부의 자아는 이미 혼백이 모두 몸에 붙어 있지 않은 듯했다. 문득 연등도인이 말했다.

"자아가 근심 중에 길한 일이 있으니 이인이 온 것이라. 빈도가 몰랐던 것은 아니나 내가 만약 이 불을 다스렸다면 이인은 반드시 올 수 없었으리라."

말이 아직 끝나기도 전에 양전이 승상부로 소식을 알려왔다.

"사숙께 아룁니다. 용길공주께서 오셨습니다."

자아는 황망히 계단을 내려가 영접하여 전으로 영접했다. 공주는 연등도인과 광성자가 전 위에 있는 것을 보고 머리를 조아리며 말했다.

"도형께 문안드립니다."

자아가 황망히 연등도인에게 물었다.

"이분은 뉘신지요?"

용길공주가 급히 대답했다.

"빈도는 곧 용길이오. 하늘에 죄를 얻어 있던 중에, 나선이 불로 서기를 태우는 것을 보고 빈도가 특별히 이곳에 와서 작은 법술로 불을 구했습니다. 이로써 자아가 동정東征하여 제후들을 만나고 사직에 공을 세우는 것을 도와 죄업을 닦고자 한 것이오. 그런 뒤 다시 요지로 돌아가게 되면 진실로 빈도가 하산한 뜻을 저버리지 않게 되는 것이지요."

자아는 몹시 기뻤다. 그는 황급히 시종들에게 분부했다.

"향을 피우고 방을 깨끗이 치워라. 공주께서 기거하시기에 불편함이 없도록 하라."

서기성 내의 일련의 한바탕 소동은 실로 대단한 것이었으나, 일단 궁궐과 관사는 수습되었다.

한편 패주하여 산을 내려간 나선은 숨을 헐떡거리면서 솔밭 돌에 의지한 채 곰곰이 생각했다.

'오늘 그 보물들을 하루아침에 용길공주에게 잃어버렸으니 이 원한을 어찌 풀거나.'

그렇게 근심하고 있을 때, 뒤에서 누군가 노래를 부르는 소리가 들렸다.

일찍이 나물국을 끓여먹던 빈한한 선비는
북적대는 저잣거리로 나오지 말지니.
관리의 일은 거두고,
숲과 샘물의 일이나 챙기게나.
높은 산에서는 보랏빛 지란을 캐고,
계곡 가에서는 낚싯줄을 드리우네.
동부 안에서 즐겁게 놀면서,
한가로이 『황정경』을 베껴 쓰네.
술 익는 동안
가슴속에 담겨 있는 시를 길게 읊조리네.
시기를 안다면 왕을 도와 제왕의 기틀을 세우리니,
기미를 안다면 나선은 오늘 위태로우리라.

나선이 다 듣고 나서 머리를 돌리니, 커다란 사내 하나가 선운회扇雲盔 투구를 쓰고 극을 들고 왔다.

나선이 물었다.

"너는 누구이기에 감히 그런 허풍을 떨고 있느냐?"

그 사람이 대답했다.

"나는 이정李靖이다. 오늘 서기로 가서 자아를 만나 동쪽 5관으로 들어가려 한다. 나에게는 아직 내세울 공이 없으니 오늘 너를 잡아 공을 이룰까 한다."

나선이 대노하여 몸을 펄쩍 뛰며 보검을 뽑았다.

殷郊岐山受犁鋤

은교가 기산에서 쟁기와 호미의 액을 당하다

이정이 나선과 크게 싸우니 극과 검이 서로 엇갈려 범과 이리의 모습과도 같았다. 이정은 삼십삼천황금보탑三十三天黃金寶塔을 손에 잡고 크게 외치며 말했다.

"나선! 네놈은 오늘이야말로 이 재난을 피할 수 없으리라!"

나선이 몸을 빼내 이 액을 벗어나려 했으나 그 탑이 내려오는 것을 보았으니 어찌 살아날 수 있었겠는가? 가련하도다! 봉신대 위에 자리가 있으니 도술이 하늘과 통해도 피할 수 없는 것이었다.

황금보탑이 내려와 바로 나선의 이마를 짓찧으니 뇌수가 쏟아져 흘렀다. 이정이 보탑을 거두어 서기로 가니 잠깐 새에 이르렀다. 승상부 앞에 도달하니 목타가 아버지가 온 것을 보고 황급히 자아에게 알렸다.

"제자의 아비 이정이 명을 기다립니다."

연등도인이 자아에게 말했다.

"그는 곧 우리 문하의 사람으로 일찍이 천자의 총병이었소."

자아가 그 말을 듣고 크게 기뻐하며 상견례를 마쳤다.

한편 광성자는 은교가 이곳에서 군사를 저지하고 있고, 또한 자아의 장수임명일이 가까워 오자 모두 다 자기의 책임인 듯싶었다. 광성자가 연등도인에게 물었다.

"스승님, 지금 은교가 물러나지 않으니 어찌하면 좋겠습니까?"

"번천인은 대단하니 현도玄都에서 이지염광기離地焰光旗를 취하고, 서방에서 청련보색기青蓮寶色旗를 취하지 않으면 안되오. 지금 우리에게는 옥허의 행황기杏黃旗밖에 없으니, 은교를 어떻게든 굴복시키려면 반드시 먼저 그 깃발들을 취하러 가야 할 것이오."

"원컨대 제자가 현도에 가서 사백師伯을 한번 만나뵙

고 오겠습니다."

"그대는 속히 다녀오도록 하오!"

광성자는 종지금광법으로 현도에 가니, 얼마 되지 않아 팔경궁八景宮 현도동에 이르렀다.

광성자가 현도동에 이르러 감히 들어가지 못하고 잠시 서성거리니 현도법사가 나오는 것이 보였다. 광성자가 앞으로 나아가 머리를 조아리고 말했다.

"도형께서는 번거롭겠지만 스승께 제자가 알현했으면 한다고 전해 주시겠소?"

현도법사가 부들자리 앞에 이르러 삼가 아뢰었다.

"광성자가 이곳에 와서 스승님을 뵙고자 합니다."

노자老子가 말했다.

"광성자를 들일 필요까지는 없다. 그 사람은 이지염광기 때문에 온 것이니 네가 그 기를 가져다주어라."

현도법사가 곧 기를 광성자에게 주고 말했다.

"스승께서 자네더러 들어와 알현할 필요까지는 없고 그냥 가라셨네."

광성자는 극진히 감사드리고 기를 높이 들고 현도를 떠났다. 서기에 이르러 승상부에 들어가니, 자아가 그를 접견하고 염광기를 받았다.

광성자는 또 서방의 극락지향으로 갔다. 종지금광법

으로 하루 만에 서방의 승경에 도달하니, 곤륜산과 크게 다르지 않았다.

광성자는 한동안 서 있다가 한 동자가 나오는 것을 보고 그에게 말했다.

"동자, 수고스럽겠지만 광성자가 찾아뵈러 왔다고 통지해 주시게."

동자가 들어가더니 잠시 뒤에 다시 나와 말했다.

"드시라 하십니다."

광성자가 한 도인을 보니, 신장은 1장 6척이나 되고 노란빛 얼굴에 상투를 틀어올렸다. 머리를 조아리고는 주인과 객이 나누어 앉았다. 도인이 말했다.

"도형은 옥허의 문하로서 존함을 오래도록 들어왔으나 만날 인연이 없었는데, 이제 다행히도 예까지 오셨으니 실로 삼생三生의 인연이 있는 듯하오."

광성자가 사례하며 말했다.

"제자가 살계를 범한 까닭에 지금 은교가 자아의 장수임명일을 막고 있습니다. 지금 특별히 이곳에 온 것은 청련보색기를 구하여 은교를 물리치고 서주 무왕의 동정을 돕고자 함입니다."

접인도인接引道人이 말했다.

"빈도의 서방은 청정무위의 고장이라 귀도貴道와는 다

르니, 꽃을 피워 내게 보여주시오. 나는 사람을 보되 그 사람이 곧 연꽃의 형상이면 더 이상 동남 양도兩度의 객이 아닌 것이오. 그 기가 홍진에 더럽혀질까 두려워 명을 따를 수 없는 것이오."

"도는 비록 두 문하이나 그 이치는 하나이니, 인심으로 천도를 합치시킴에 어찌 두 가지가 있겠습니까? 남북 동서가 한 가족이며 피차를 나눌 수 없는 것입니다. 지금 무왕은 옥허의 부명符命을 받잡고 천운에 따라 일어난 것이니, 동서남북이 모두 황왕皇王의 수토水土 안에 있는 것입니다. 도형께서는 어찌 서방이 동남의 교와 다르다고 하십니까? 옛말에도 이르기를 '금단사리金丹舍利는 인의와 같고 삼교는 원래 일가였다'고 했습니다."

"도인의 말은 비록 이치가 있으나, 다만 청련보색기는 홍진에 물들어서는 안되니 내 이를 어찌하겠소?"

두 사람이 논쟁을 벌이고 있을 때 뒤에서 한 도인이 나왔다. 그는 곧 준제도인準提道人으로 머리를 조아리고 함께 앉았다.

준제도인이 말했다.

"도형께서 이곳에 오신 것은 청련보색기를 빌려 서기산에서 은교를 깨려 함이겠지요? 이치를 논하자면 이 보물은 빌려줄 수 없는 것이오. 그러나 지금은 사정이 다른 듯하니 역시 할 말이 있을 것이오."

그런 다음 고개를 돌려 접인도인에게 말했다.

"지난번에 내가 일찍이 도형에게 말했듯이, 동남 양도에는 3천 장丈의 홍기가 하늘을 찌르고 있으니 우리 서방과도 인연이 있을 것이오. 그것은 우리 팔덕지八德池 가운데서 5백 년 만에 꽃이 필 운수이지요. 서방이 비록 극락이라 하나 그 도가 언제나 동남에 행해질 수 있겠소? 만약 동남의 대교大敎를 빌어 우리의 도를 행하지 않는다면 어떻게 가능하겠소? 하물며 이제 광성자 도형께서도 오셨으니 마땅히 천명을 받들어야 할 것이오."

접인도인은 준제도인의 말을 듣고 청련보색기를 광성자에게 주었다. 광성자는 두 도인에게 감사를 드리고 서기로 향했다.

광성자는 서방을 떠난 지 하루도 되지 않아 서기에 도착하여 연등도인을 알현했다. 그리고는 조용히 서방에서 있었던 일들을 고했다. 도인이 말했다.

"일이 잘 되었구려! 이제 정남에는 이지염광기를 쓰고 동방에는 청련보색기를 쓰고 중앙에는 행황무기기杏黃戊己旗를 쓰면 되는데, 서방의 소색운계기素色雲界旗가 없으니 단지 북쪽으로만 은교를 달아나게 하면 그를 다스릴 수 있을 것이오."

광성자가 말했다.

"소색운계기는 어디에 있습니까?"

문인들이 모두 생각했지만 미치는 곳이 없었다. 광성자는 마음이 즐겁지 않았다. 문인들이 모두 물러가자 토행손이 안으로 들어가 부인 등선옥에게 말했다.

"난데없이 은교가 서기를 정벌하여 막아내느라 많은 힘을 쏟았으나, 지금 소색운계기가 모자라니 어디에 있는지를 모르겠네."

용길공주가 정실에서 그 말을 듣고 황망히 몸을 일으켜 토행손에게 말했다.

"소색운계기는 우리 어머님이 계신 곳에 있소. 그 기는 일명 운계雲界 또는 취선聚仙이라고도 하지요. 다만 요지瑤池의 모임이 있을 때 이 기를 흔들면 뭇 신선들이 다 알고서 요지의 승회勝會에 오게 되기 때문에 취선기라고 하는 것입니다. 이 깃발은 다른 사람이 가서는 안되고 남극선옹南極仙翁만이 빌려올 수 있을 뿐입니다."

토행손이 그 말을 듣고 황망히 전 앞으로 나아가 연등도인에게 말했다.

연등도인이 문득 깨달은 바가 있어 광성자에게 곤륜산으로 갈 것을 명했다. 광성자는 종지금광법으로 옥허궁에 가서 기린애 앞에 섰다. 한동안 기다리니 남극선옹이 나왔다. 광성자가 은교의 일을 한바탕 말했더니 남극선옹이 말했다.

"알아들었으니 돌아가 있게."

광성자는 서기로 돌아갔다. 남극선옹은 급히 행장을 꾸리고 조복朝服으로 갈아입었다. 이어서 구슬패옥을 차고 손에는 조홀朝笏을 잡더니 옥허궁을 떠났다. 그가 상운祥雲을 밟으니 표표히 학의 수레가 앞장서서 길을 인도했다.

남극선옹이 요지에 도착하여 구름에서 내려오니 붉은 문은 굳게 닫혀 있고 패옥은 소리가 없는데, 요지의 풍경은 실로 기이했다.

남극선옹이 금계단 아래에 엎드려 말했다.

"소신 남극선옹이 금모金母께 상주합니다. 천운을 받은 성주聖主가 나시니 기산에서 봉황이 울고 신선이 살계를 범했으니 상천에 조짐을 드리웠습니다. 삼교를 함께 담론하며 옥허의 부명을 받들고서 365도의 봉신팔부封神八部와 뇌雷·화火·온瘟·두斗 그리고 뭇 별들을 안배했습니다. 그런데 지금 옥허의 부선副仙인 광성자의 제자 은교가 스승의 명을 저버리고 하늘을 거슬러 반역을 일으켜 목숨들을 해치고 있습니다. 또한 강상이 앞으로 나아가지 못하게 막고 있습니다. 강상의 장수임명일을 그르칠까 두렵습니다. 은교는 맹세했으니 마땅히 서기에서 쟁기와 호미의 액을 받아야 합니다. 지금 옥허의 명을 받고 특별히 성모께 취선기를 내려주기를 간청하오니, 서기로 내려가 은교를 다스리기를 원합니다. 진실로 황공하고 두려운 마음으로 머리를 조아립니다. 하잘것없는 소신 남극선옹이 갖추어 상주드립니다."

잠시 엎드려 있으니 선악仙樂이 한 가락 들려왔다.

남극선옹은 옥계단에 엎드려 칙지를 기다렸다. 음악 소리 은은히 들리면서 금문이 열리더니 네 쌍의 선녀가 취선기를 높이 받들어 남극선옹에게 주며 말했다.

"칙지를 남극선옹에게 주노라. 서주무왕은 마땅히 천하를 가져야 하고, 천자는 썩은 덕이 널리 알려졌으니 마땅히 멸절되는 것이 천심에 합치되는 것이로다. 이제 특별히 그대에게 취선기를 주어 보내 서주를 돕게 하노니, 지체하다가 선보仙寶를 더럽히는 일이 없도록 하라. 속히 가라! 삼가할지어다, 궁궐을 향해 은혜에 감사드리라."

남극선옹은 은혜에 감사드리고 요지를 떠났다.

남극선옹이 요지를 떠나 서기에 이르자 양전이 승상부에 보고했다. 광성자는 향을 사르고 칙지를 받아 궁궐을 향해 사례했다. 자아는 남극선옹을 영접하여 전에 가서 앉아 함께 은교의 일을 논의했다.

남극선옹이 말했다.

"자아, 길일이 장차 이르렀으니 그대들은 빠른 시일 내에 은교를 물리칠 수 있을 것이네. 나는 잠시 돌아가 있겠네."

여러 신선들이 남극선옹이 궁으로 돌아가는 것을 배웅했다. 연등도인이 말했다.

"이제 취선기가 있으니 은교를 잡을 수 있게 되었소. 다만 두세 명이 더 있어야 성공할 수 있을 텐데."

말이 아직 끝나기 전에 나타가 알려왔다.

"적정자께서 오셨습니다."

자아가 전 앞에서 그를 맞이했다.

광성자가 말했다.

"저도 도형과 마찬가지로 이런 불초한 제자를 두게 되었소이다."

서로가 한숨을 쉬었다. 또 알려왔다.

"문수광법천존께서 오셨습니다."

광법천존은 자아를 보고 말했다.

"축하드리오!"

자아가 대답했다.

"무엇을 기뻐하고 무엇을 축하한단 말씀이십니까? 해마다 정벌하느라 쉴 틈이 없고 날마다 편안히 밥을 먹을 수도 없으며 밤에는 잠을 잘 수도 없는데, 어떻게 부들자리 위에 조용히 앉아 무생지묘無生之妙를 깨달을 수 있겠습니까?"

연등도인이 말했다.

"오늘 수고스럽겠지만 문수 도우께서는 청련보색기를 서기산 동쪽 진지震地에 두시고, 적정자께서는 이지염광기를 기산 남쪽 이지離地에 두십시오. 중앙 무기戊己는 빈도가 진수鎭守하겠습니다. 그리고 서방 취선기는 마땅히 무왕께서 친히 두셔야 합니다."

자아가 말했다.

"그렇게 하도록 하겠습니다."

자아는 북을 울려 장수들을 불러모은 뒤 황비호에게 영전을 내려 은교진영의 대군영으로 돌진케 했다. 또 등구공으로 좌량도문左糧道門을 맡게 하고, 남궁괄로 우량도문을 맡게 했다. 나타와 양전을 왼쪽에 세우고, 위호와 뇌진자를 오른쪽에 세웠다. 또한 황천화를 뒤에 세우고, 금타·목타·이정 세 부자로 적진을 치게 했다.

자아는 분부를 다 마치고, 먼저 무왕과 함께 기산으로 가서 서방의 지위를 안정시켰다.

한편 장산과 이금은 군영 중에 살기가 뒤덮여 있는

것을 보고 군막으로 들어가 은교를 만나 말했다.

"전하! 저희들이 이곳에 주둔해 있다고 해서 꼭 승리를 얻을 수 없을 듯하니, 차라리 조가로 돌아가 준비하여 뒷날을 도모하는 것이 나을 듯합니다. 전하의 의향은 어떠하십니까?"

"내 일찍이 칙지를 받고 온 것이 아니니, 내가 근본을 닦기를 기다렸다가 조가에 가서 원병을 구해 온다면, 이까짓 성 하나쯤 격파하는 데 무슨 어려움이 있겠소?"

장산이 말했다.

"강상의 용병은 귀신같고, 게다가 수많은 옥허문인들 역시 만만한 적들이 아닙니다."

"상관없소. 우리 스승께서도 내가 소지하고 있는 번천인을 두려워하거늘, 하물며 다른 사람들이야 말할 것도 없지 않겠소!"

은교의 자만이 가히 하늘을 찌를 만했다.

세 사람은 날이 저물도록 함께 의논했다. 초경이 되었을 때 황비호가 한 무리의 군마를 이끌고 포를 쏘고 소리를 지르며 대군영 문 앞으로 짓쳐들었다. 그야말로 황비호 부자의 병사들이 한데 에워싸고 들어오니 막아낼 수가 없었다.

은교는 아직 잠이 들지 않았던지라, 살성殺聲이 사위

를 떨치는 소리를 듣고 황급히 군막을 나와 말에 올랐다. 극을 잡고는 등과 횃불을 들었다. 불빛 속에서 황비호 부자가 대군영으로 짓쳐드는 것이 보였다.

은교가 크게 소리쳤다.

"황비호, 그대가 감히 진영을 넘보다니 스스로 죽을 자리를 찾아들었구나!"

황비호가 말했다.

"명을 받았으니 어찌 감히 어김이 있을 수 있겠소?"

그리고는 창을 휘두르며 곧바로 쳐들어왔다. 은교는 손에 든 극으로 급히 맞아 싸웠다. 황천록·황천작·황천상 등이 한꺼번에 달려들어 맴돌며 은교를 가운데로 에워쌌다.

문득 살피니 등구공은 부장인 태란과 등수鄧秀·조승趙昇·손염홍孫焰紅을 대동하고 좌영을 짓쳐들었다. 남궁괄은 신갑과 신면·태전太顚·굉요閎夭를 대동하고 우영을 짓쳐들었다. 이를 이금이 가로막고 대적했다.

장산은 등구공과 싸웠다. 나타와 양전은 중군으로 쳐들어 황비호 부자를 도왔다. 나타의 창은 은교의 앞뒤 심장과 양 옆구리를 어지러이 찔러댔고, 양전의 삼첨도는 은교의 정수리로 날아들었다.

은교는 나타가 수레에 오르는 것을 보고 그를 향해 낙

혼종을 흔들었으나, 나타는 전혀 개의치 않았다. 번천인을 들어 양전을 때렸으나, 양전은 팔구현공八九玄功을 갖고 있었기에 바람을 따라 변화하여 맞고서도 말에서 떨어지지 않았다. 은교는 조급해졌으나 달리 길이 없었다.

밤이 이슥하도록 교전하여 천자 측 사졸들이 수없이 죽었다.

나타는 한 덩이의 금벽돌로 신통력을 부려 은교의 낙혼종 위를 맞추니 노을빛이 만 갈래나 퍼져나갔다. 은교의 가슴은 덜렁덜렁 뛰었다.

남궁괄은 이금을 참하고 중군영으로 짓쳐들어 싸움을 도왔다.

장산은 등구공과 크게 싸우다가 한 줄기 뜨거운 불을 뿜어내는 손염홍을 막지 못했다. 장산이 얼굴에 화상을 입자, 등구공이 쫓아들어가 한칼에 베어 말에서 떨어뜨리니 뜨거운 피가 온통 땅을 적셨다.

등구공이 장수들을 이끌고 중군영으로 쳐들어가 은교를 첩첩이 에워쌌다. 창과 칼이 빽빽하게 늘어서고 검과 극이 밀집해 있으니, 구리로 만든 담과 철로 만든 벽과 같았다. 은교가 비록 머리 세 개와 팔 여섯 개를 갖고 있다고는 하나, 어찌 이러한 이리 같고 범 같은 영웅들을 견뎌낼 수 있었겠는가!

또 뇌진자가 공중에서 날아와 금곤쇄金棍刷를 내리쳤다. 은교는 대진영이 모두 어지럽혀지고 장산과 이금이 모두 죽은 것을 보고, 낙혼종을 황천화에 대고 흔들었다. 황천화가 옥기린에서 떨어지자, 은교는 이 틈에 진을 빠져나와 기산으로 도망쳤다. 장수들은 징과 북을 치면서 30리쯤 쫓아가다 돌아왔다.

황비호는 병사들을 독려하여 성으로 돌아와 자아가 회병하기를 기다렸다.

은교는 날이 밝을 때까지 힘껏 내달렸다. 잠시 쉬어 살펴보니 몇 명의 병사들만이 뒤따를 뿐이었다. 은교가 탄식하며 말했다.

"이렇듯 병졸들이 죽고 장수들을 잃을 줄 뉘 알았으리! 내 이제라도 조가로 가서 아버님을 뵙고 구원병을 빌리는 것이 어떨까? 그때 오늘의 원한을 갚아도 늦지 않으리라."

이에 말을 재촉해 앞으로 나아갔다. 그런데 갑자기 문수광법천존이 앞을 가로막으며 말했다.

"은교야, 오늘에야 네놈이 쟁기와 호미의 액을 받게 되었구나!"

은교는 머리를 숙이고 말했다.

"사숙님, 제자는 오늘 조가로 돌아가렵니다. 사숙께

서는 제가 가는 길을 막지 마소서."

"너는 그물 속에 들었으니, 속히 말에서 내려 너의 쟁기와 호미의 고통을 용서받아라."

이미 치밀한 전략이 마련되어 있음을 알 턱이 없었으니, 그 말을 은교가 쉽사리 인정하려 들지 않음은 당연했다. 은교는 크게 성이 나서 말을 달려 극을 휘두르며 광법천존에게 덤벼들었다. 광법천존은 검을 빼 황급히 맞아 싸웠다.

은교는 마음이 조급하여 곧장 번천인을 쳐들었다. 이에 광법천존이 황급히 청련보색기를 펼쳤다. 그러자 흰 기운이 허공에 걸리고 금빛이 만 갈래로 퍼지며 사리 한 알이 또르르르 떨어졌다.

광법천존이 이 보물을 펼치자 번천인은 내려올 수가 없었다. 이에 은교는 번천인을 거두고 남방의 이지離地로 달아나려 했다.

그때 문득 보니 적정자가 크게 소리치며 말했다.

"은교, 네놈은 스승의 말을 저버렸으니, 입으로 맹세한 재앙을 면하기 어려울 것이니라!"

은교는 상황이 한바탕 싸우지 않으면 안될 것을 짐작하고 극을 휘두르며 말을 몰아 적정자를 향했다.

적정자가 말했다.

"못된 놈! 네놈을 형제와 같이 대했거늘 어찌 이렇게 막무가내냐? 하기야 이것도 하늘의 운명이니 피할 수 없는 일이다."

그리고는 황급히 극을 막았다. 은교가 다시 번천인으로 신통력을 부려 내려치자 적정자는 이지염광기를 폈쳤다. 그러자 번천인은 공중에서 멋대로 휘돌면서 내려오지를 못했다. 은교는 참담한 그 광경을 보고는 황급히 번천인을 거두고 비어 있는 듯이 보이는 한가운데 들판으로 달려 내려갔다.

그러나 기다리던 연등도인이 은교에게 소리치며 말했다.

"네놈의 사부가 백 개의 쟁기와 호미로 너를 기다리고 계시느니라!"

은교는 그 말을 듣고 마음이 더욱 허겁해져서 애원하듯이 말했다.

"스승님, 제자가 스승님들께 어지러이 많은 죄를 지었다지만 이토록 가혹하게 각 방향에서 저를 핍박하시니 이는 너무하다고 생각되지 않습니까?"

"못된 놈! 네놈은 하늘에 대고 맹세를 했으니 어찌 그 대가를 피할 수 있겠느냐?"

모질다. 은교는 악신인지라 어찌 그만두려 하겠는가?

권유에도 불구하고 하늘 끝까지 노기가 뻗쳐 그칠 줄을 몰랐다. 연등도인의 검은 극을 맞았다.

3합이 못되어 은교가 번천인으로 내려치자, 연등도인은 또한 행황기를 펼쳤다.

은교가 연등도인이 행황기를 펼치는 것을 보니, 만송이의 황금연꽃이 흩뿌려져 번천인을 내려오지 못하게 하므로 다른 사람에게 빼앗길까봐 황급히 번천인을 거둬들였다.

홀연히 서쪽을 바라보니 자아가 용봉기 아래에 있는 것이 보였다. 은교가 크게 소리쳤다.

"원수가 앞에 있으니 내 어찌 가벼이 놓아주랴!"

말을 몰아 극을 휘두르며 달려들었다.

"강상! 내가 왔다!"

무왕은 한 사람의 몸에 머리가 세 개고 팔이 여섯인 괴물이 극을 휘두르며 오는 것을 보고 말했다.

"심히 놀랍구나!"

자아가 말했다.

"개의치 마소서. 저기 오는 사람은 은교 전하입니다."

"진정 전하시라면 나는 마땅히 말에서 내려 알현해야겠소."

자아는 무왕에게 상세한 연유를 알리지 않았던 것이

다. 그리하여 자아가 말했다.

"지금은 적이니 어찌 가벼이 상견하겠습니까? 노신에게 달리 생각이 있습니다."

무왕이 살피니, 은교는 산이 무너지는 듯한 기세로 달려들어 이런저런 말없이 곧바로 극을 찔러댔다. 자아가 급히 검으로 막아냈다.

단지 1합 만에 은교가 번천인으로 공격하자 자아는 급히 취선기를 펼쳤다. 그러자마자 자욱한 안개가 땅에 깔리고 한 줄기 기이한 향기가 그 위를 뒤덮으니 번천인은 공중에 머물 뿐 내려올 수 없었다.

오색 빛깔 상서로운 구름이 하늘과 땅을 미혹시키고,
금빛이 만 갈래로 무지개를 토해내도다.
은교는 헛되이 번천인을 쓰다가,
지척에 있는 쟁기와 호미에 이마를 부딪치네.

자아는 이 깃발이 무궁한 대법을 펼쳐 번천인이 한갓 하늘에 날리는 재로 화하는 것을 보고, 타신편으로 은교를 내리쳤다. 은교는 다급해져서 몸을 빼내 북쪽으로 도망쳤다.

연등도인이 멀리서 은교가 이미 북방 감지坎地로 달

아나는 것을 보고 한 줄기 천둥소리를 내니, 사방에서 소리가 메아리쳤다. 또한 병사들의 징과 북은 일제히 울려 그 살성이 천지를 진동했다.

은교는 말을 재촉해 북쪽으로 달아났다. 사면에서 적들이 쫓아오니 몸을 숨길 곳이라곤 없어 그저 앞으로 내달릴 수밖에 없었다.

언뜻 산길을 접어들자 길은 갈수록 좁아졌다. 마침내 길은 외길이 되어 사람 몸 하나만이 겨우 빠져나갈 만큼 나 있었다. 할 수 없이 은교가 말에서 내려 걸어가는데, 뒤에서 급히 추격해 오는 병사들의 소리가 다급한지라 자신도 모르게 하늘을 향하여 기도했다.

"만약 나의 부왕께 아직도 천복이 있다면, 나의 이 번 천인으로 이 산에 한 줄기 길을 열어 성탕의 사직을 보존케 해주소서! 만약 열어주시지 않는다면 이제 이걸로 끝장입니다!"

말을 마치고는 번천인을 내려치자, 그때 갑자기 한 가닥 소리가 나며 눈앞에 커다란 길이 열렸다. 은교는 크게 기뻐하며 말했다.

"성탕의 천하가 아직 끊이지 않았구나!"

은교는 서둘러 산길을 달려갔다. 그러나 갑자기 한 차례 포성이 들리더니 양쪽 산꼭대기에서 서주병사들이 밀려 내려오고 뒤에서는 연등도인이 쫓아왔다.

"전후좌우 모두가 자아의 인마로구나!"

그런데도 은교는 포기할 수 없었다. 그는 토둔법을 운용하여 산 위쪽으로 달아나려 했다.

은교가 머리를 막 산꼭대기 위로 내밀었을 때, 연등도인이 손을 뻗어 두 산 봉우리를 한데로 밀치니, 은교의 몸은 산들 사이에 끼고 머리는 산 밖으로 내밀어진 꼴이 되었다.

洪錦西岐城大戰

홍금이
서기성에서 크게 싸우다

연등도인이 산을 합하여 은교를 몰아넣자, 사방에서 인마가 일제히 산으로 올라왔다. 무왕이 산마루에 이르러 은교의 이러한 꼴을 보고 말에서 뛰어내려 땅바닥에 무릎을 꿇고 큰소리로 외쳤다.

"전하! 소신 희발은 법을 받들고 신하의 절개를 지켰을 뿐, 결코 임금을 속이거나 거스르지 아니했나이다. 상보께서 오늘 전하로 하여금 이와 같이 되게 했으니, 이제 제게는 만 년의 오명만이 남게 되었나이다."

자아가 무왕을 부축하며 말했다.

"은교는 천명을 거역하여 주어진 운명이 이와 같으니, 어찌 벗어날 수 있겠습니까? 대왕께서는 신하의 도를 다하고 주군의 덕을 다하여 예를 행하시면 됩니다."

무왕이 말했다.

"상보께서 오늘 전하를 산중에 끼이게 하셨으니 이 큰 죄는 모두 나 희발에게 있습니다. 여러 선생들께서는 측은함을 베풀어 희발을 가련히 여기시고 전하를 놓아주십시오!"

연등도인이 웃으며 말했다.

"현왕賢王께서 하늘의 운수를 모르고 하시는 말씀입니다. 은교는 천명을 거역했는데 어찌 벗어날 수 있겠습니까? 대왕께서는 군신의 예를 다하셨으니 그것으로 충분합니다. 대왕께서도 하늘을 거역하여 일을 행하실 수는 없습니다."

무왕이 두번 세번 거듭하여 그만두게 말리자, 자아가 정색하며 말했다.

"신은 하늘과 사람에 순응할 뿐, 결단코 하늘을 거슬러가며 주군을 그릇되게 할 수는 없습니다."

무왕은 눈물을 머금고 흙을 긁어모아 향을 살랐다. 그런 다음 땅에 무릎을 꿇고 절하면서 자신을 '신臣'이라고 칭해 가며 읍소했다.

"신이 전하를 구하지 않는 것이 아니라, 여러 선생들께서 천명을 지켜야 한다 하니 실로 신의 죄가 크옵니다."

무왕이 절을 마치자 연등도인은 하산하기를 청했다.

왕이 차마 떨어지지 않는 발길을 돌려 중신들과 함께 산을 내려가자, 연등도인이 광성자에게 쟁기를 끌고 산으로 오르도록 명했다. 광성자는 은교의 이와 같은 모습을 보자 자기도 모르게 눈물이 흘러 떨어졌다.

그렇지만 자기 입으로 쟁기와 호미의 벌을 받겠다고 맹세했으니, 어찌 천명을 거역할 수 있겠는가! 광성자는 몇 번이고 발걸음을 멈추었다. 새삼 사제간의 정이 통탄스러울 뿐이었다. 광성자가 차마 똑바로 보지 못하고 고개를 돌리자, 무길武吉이 은교의 몸을 쟁기질했다.

은교의 영혼이 봉신대로 가자 청복신淸福神 백감柏鑑이 백령기百靈旗로 은교를 인도했다. 은교는 원망하는 마음으로 복종하지 않고 한 줄기 바람이 되어 조가성朝歌城으로 갔다.

천자는 마침 녹대에서 달기와 함께 술을 마시고 있었다. 그때 일진광풍이 몰아치며 사방이 일시에 먹빛 어두움 속에 뒤덮였다.

천자는 문득 누군가 스치는 소리를 들었지만 자기도 모르는 사이에 정신이 혼미해져서 곧 침대에 누웠다. 갑자기 머리 셋에 팔이 여섯이나 되는 한 사람이 어전에 서서 말했다.

"부왕이시여! 아들 은교는 나라를 위해 쟁기와 호미의 액을 당했나이다. 온몸이 갈기갈기 찢겨 영혼조차 완전치 못하니 통한에 사무쳐 삼가 아뢰옵니다. 부왕께서는 어진 정치를 베푸시어 성탕의 사직을 잃지 마소서. 어진 재상을 등용하고 속히 원수를 임명하여 내외의 큰일들을 맡기소서. 그렇지 않으시면 강상의 무리가 머지않아 동정東征할 것이니 그때는 후회한들 무엇하리오. 제게 아뢰올 일이 더 남았으나, 봉신대에 들지 못할까 두려워 그만 가겠나이다!"

천자가 깜짝 놀라 깨어나니 온몸엔 식은땀이 질펀했다.

"참으로 괴이하도다!"

달기와 호희미胡喜媚·왕귀인王貴人 세 여인이 자리를 함께했다가 몸을 굽히며 급히 물었다.

"폐하께서는 어인 일로 괴상하다 말씀하십니까?"

천자는 꿈속에서의 일을 죽 이야기했다. 그러자 달기가 말했다.

"꿈이란 마음에서부터 생기는 것이니 폐하께서는 괘념치 마소서."

천자는 주색에 빠진 혼군이었던지라, 세 요괴의 교

태를 보고는 금방 은교의 일을 잊어버렸다. 술병을 들어 잔을 돌리니 언제 그런 꿈을 꾸었는가 싶게 마음이 안정되었다.

이때 사수관의 한영이 상주문을 가지고 조가에 들어와 위급함을 알렸다. 상주문이 문서방에 이르러 미자微子가 이를 보자마자 눈물을 터뜨렸다. 가까스로 마음을 진정시켜 상주문을 품고 내정으로 들어갔다. 천자는 마침 현경전에 있었다.

당가관이 아뢰었다.

"미자 전하께서 교지를 기다리십니다."

천자가 허락하자, 미자가 예를 마치고 한영이 알려온 상주문을 올렸다. 천자가 펼쳐보니 칙령을 받들어 토벌 나갔던 장산張山이 패배하고, 또한 은교 전하가 기산에서 절명했다는 내용이었다. 천자는 친자식이 죽은 것에 슬픔을 느끼기에 앞서 조정의 군사들이 패했다는 데 크게 노하여 중신들에게 말했다.

"무도한 희발이 스스로 무왕武王이라 칭하고 마침내 큰 반역을 자행하여 정벌하려 했으나 그때마다 장수와 병사를 잃고 성공은 하지 못했구나. 지금의 계책을 위해 어느 신하를 장수로 쓰는 것이 좋겠는가? 싹을 꺾어내지 않으면 후환이 될까 두렵구려."

반열 가운데 한 신하, 곧 중간대부中諫大夫 이등李登이 나아와 예를 행하며 말했다.

"지금 천하는 안정되지 않아 사방에서 전쟁이 일어나기를 10년이 넘었는데 아직 평정되지 못했나이다. 비록 동백후 강문환, 남백후 악순, 북백후 숭흑호 등이 있다지만 이 세 무리는 대수롭지 않은 것들입니다. 다만 서기西岐의 강상이 희발을 도와 무도하게도 멋대로 어지러움을 자행하고 있음은 그 뜻이 작지 않습니다. 그러나 조가성 안에서는 아무도 강상의 적수가 되지 못합니다. 그러므로 신은 삼산관 총병관인 홍금洪錦을 천거하는 바입니다. 그는 재략과 술법을 겸비한 자이니 그로써 정벌케 한다면 아마도 큰 공을 세울 수 있을 것입니다."

천자가 곧 교지를 내렸다. 사령이 조칙을 갖고 삼산관으로 갔다. 줄곧 달려 하루 만에 삼산관에 이르러 관역에서 쉬었다.

다음날 홍금은 보좌관이 교지를 전해 주자 이를 펼쳐 다 읽고 난 뒤 그곳의 일을 공선孔宣에게 인계했다. 하루도 못되어 홍금은 10만의 군사를 이끌고 삼산관을 떠나 서기로 발진했다.

홍금은 쉬지 않고 행군하여 이내 기산을 지났다.

기마초병이 중군영에 들어와 보고했다.

"인마가 이미 서기에 이르렀습니다."

홍금이 명을 전했다.

"군영을 설치하고 주둔토록 하라."

곧 방책을 세웠다. 선행관 계강季康과 백현충柏顯忠이 군막으로 들어와 배례하자 홍금이 말했다.

"지금은 칙령을 받들어 토벌을 나섰으니 그대들은 각자 나라를 위해 마음을 다해야 하오. 강상은 지략이 뛰어난 자로서 웬만한 적과는 같지 않으니 반드시 근신하고 조심하여 경솔함이 없도록 하시오."

두 장수가 말했다.

"삼가 분부대로 따르겠습니다."

다음날 계강이 명령을 받들고 진영을 나와 서기성 아래에 이르러 싸움을 걸었다. 정탐병이 승상부로 들어와 알리자 자아는 크게 기뻐했다.

"36로에서 정벌하러 와야 하는데 오늘 이미 다 채워졌으니 동정을 준비할 수 있겠구나!"

급히 물었다.

"어느 장수가 한번 나서겠소?"

남궁괄이 출전을 원하자 자아가 이를 허락했다. 남궁괄이 명을 받들고 성을 나와서 보니, 계강이 마치 한 덩어리의 먹구름처럼 달려들었다. 남궁괄이 물었다.

"거기 오는 자는 누군가?"

"나는 홍 총병의 휘하에 있는 정선행관 계강이다. 지금 칙령을 받들어 정벌하러 왔노라. 그대들은 반역의 무리로서 마땅히 대군영 문 앞에 머리를 바쳐야 할 것들인데, 오히려 병사를 이끌고 대적하니 참으로 법도가 없고 임금을 안중에 두지 않는 자들이로다!"

남궁괄이 껄껄 비웃으며 말했다.

"너희 같은 신출내기들은 서기성에서 백만이 죽었다는 것도 모르고 있으니 참으로 가련토다. 하물며 너 따위 한두 놈쯤이야! 서둘러 병사를 돌려 네놈 하나 죽는 것이라도 면하라."

계강이 크게 노하여 칼을 휘두르며 곧바로 짓쳐들었다. 남궁괄이 칼을 들어 막았다. 두 장수가 30합을 맞붙어 싸웠는데, 계강은 좌도방계의 문인이었으므로 이윽고 주문을 외우기 시작했다. 그러자 머리 위에 홀연 먹구름 한 덩어리가 나타나더니, 그 구름 가운데서 한 마리 개가 나타나 남궁괄의 팔을 물었다.

졸지에 당한 일이라 남궁괄은 갑옷을 반이나 찢긴 채 하마터면 계강의 칼 아래 혼이 빠질 뻔했다. 남궁괄이 혼비백산 놀라서 말을 돌려 성으로 들어갔다.

계강은 진영으로 들어가서 홍금을 보고 의기양양하

게 말했다.

"남궁괄은 부상당한 채 성으로 도망쳤습니다."

홍금이 크게 기뻐했다.

"첫 대결에 승리했다니 이제 싸움에서마다 승리할 것이다."

다음날 백현충이 말에 올라 성 아래에 이르러 싸움을 청했다. 자아가 물었다.

"누가 나가겠소?"

등구공이 응했다.

"소장이 가겠습니다."

자아가 이를 허락하자 등구공은 말을 달려 군진 앞으로 나섰다. 이르러 보니 상대는 백현충이었다.

"백현충! 천하가 모두 명철하신 군주께 돌아오거늘, 너희가 오늘 항복하지 않는다면 또 어느 때를 기다리겠느냐?"

백현충이 말했다.

"너 같은 놈들이야말로 나라의 큰 은혜를 저버리고 인의를 돌아보지 않으니, 천하의 불인부지不仁不智한 개돼지로다!"

등구공이 대노하여 말을 달려 개합선開合扇의 큰 칼을 휘두르며 곧바로 백현충에게 달려들었다. 백현충도 창을 꼬나들고 달려들었다. 두 장수가 맞붙어 싸우니, 마치 맹호가 머리를 흔들고 사자가 꼬리를 흔드는 듯 기세가 천지를 가득 메웠다.

두 장수가 이삼십 합을 크게 싸웠는데, 등구공은 뛰어난 장수인지라 섬광을 번쩍이며 칼을 휘두르니 백현충이 그 기세를 감당할 수 없었다. 백현충은 끝내 등구공에게 허점을 보여 한칼에 말 아래로 굴러 떨어졌다. 등구공이 승리를 얻어 성으로 들어가 보고했다.

"백현충의 목을 베어왔습니다."

자아가 좌우를 돌아보며 명했다.

"수급을 성 위에 내걸라."

한편 홍금은 백현충이 죽었다는 소식을 듣고 이를 갈며 한입에 서기를 집어삼키지 못함을 분해 했다.

다음날 대부대의 인마를 이끌고 가서 자아에게 나오라 했다. 정탐병이 승상부에 들어가 보고하자 자아는 즉시 대오를 정비하여 성을 나섰다.

포성이 울리며 서기성 성문이 열리더니 한 무리의 인마가 나왔다. 홍금이 보니 성 안에서 병사가 나오는데 기율이 엄정했고, 또 좌우에는 서주에 귀순한 호걸들이 보였는데, 그 하나하나가 모두 호랑이처럼 사나워보였다. 그

삼산오악의 문인들은 표연히 선풍도골을 지니고 있었으며, 양 옆으로 기러기 날개를 본뜬 대형으로 도열했다.

대장 깃발 아래에는 바로 개국무성왕 황비호가 있었다. 자아는 사불상을 타고 나왔는데, 도복을 걸쳐 입은 그 용모가 저절로 구별되었다.

홍금은 군진 앞에 이르러 큰소리로 외쳤다.

"거기 오는 사람이 강상이오?"

자아가 대답 대신 물었다.

"장군의 존함은 어찌되시오?"

"나는 바로 천자의 명을 받들어 토벌나온 대원수 홍금이다. 그대들은 신하의 절개를 지키지 않고 하늘을 거슬러 난을 일으키면서 이제껏 천군을 대적하니, 도저히 관대하게 보아넘길 수 없다. 지금 교지를 받들어 특별히 너희들을 정벌하러 왔으니, 너희들을 붙잡아 조가로 압송하여 국법을 바로잡으려 한다. 만일 우리의 용맹함을 알아 일찍감치 말에서 내려 항복한다면, 도탄에 빠진 온 군郡의 생명들을 구할 수 있을 것이다."

자아가 웃으며 말했다.

"홍금, 그대가 대장이라니 마땅히 일의 기미를 알렷다. 천하가 모두 서주의 군주에게 돌아오고, 현사들은 모두 인심을 잃은 폭군에게 반기를 들고 있다. 그대는 하찮은

개울둑에 불과하니 어찌 천하의 도도한 흐름을 막을 수 있겠는가? 지금 8백 제후들이 일제히 무도한 폭군을 치려 하고 있으며, 나도 오래지 않아 맹진孟津에서 병사를 모아 고생하는 백성을 위로하고 죄있는 군주를 징벌함으로써, 백성을 도탄에서 구하고 화란을 평정코자 한다. 그러니 너희들이야말로 일찌감치 항복하고 덕있는 군주에게 돌아온다면 봉후封侯의 자리는 잃지 않을 것이다. 그러나 만일 여전히 하늘을 거슬려 무도한 자를 돕는다면 그 죗값을 스스로 부를 뿐이리라."

홍금이 큰소리로 욕지거리를 했다.

"이런 못된 늙은이 같으니라고! 어디라고 감히 이따위 오만방자한 말을 늘어놓는가!"

곧이어 말을 몰아 칼을 휘두르며 짓쳐들었다. 자아의 옆에 있던 희숙 명姬叔明이 큰소리로 외쳤다.

"적장은 미쳐 날뛰지 말라!"

희숙 명은 말에 채찍을 가하여 창을 흔들며 홍금에게 곧장 달려들었다. 두 장수는 살기등등하게 한 덩어리가 되었다. 희숙 명은 주문왕의 72번째 아들로 심성이 몹시 급한 편이었다.

두 사람이 코를 맞댄 거리에서 맞붙어 약 삼사십 합을 족히 싸웠다. 홍금은 좌도의 술사출신이었으므로, 말을 한 차례 채찍질하여 포위망 밖으로 뛰어나가더니 검은 깃발을 하나 똑바로 세우고 칼을 위로 한번 흔들었다. 그러자 깃발은 하나의 문으로 변했고, 홍금은 말을 탄 채로 그 깃발 문 안으로 사라졌다.

희숙 명은 사정을 알지도 못한 채 말을 몰아 그 깃발 문으로 뒤쫓아 들어갔다. 이때 홍금은 희숙 명을 볼 수 있었으나 희숙 명은 홍금을 볼 수 없었다. 그리하여 희숙 명의 말머리가 막 깃발 문으로 들어서자 홍금이 한 칼에 희숙 명을 내리쳐 말 아래로 넘어뜨렸다. 석류처럼 붉은 피가 하늘로 솟구치고 땅을 적셨다.

자아가 크게 놀랐으나 당장에 어찌할 도리가 없었다. 홍금이 깃발 문을 거두어 이전의 모습을 드러내고 큰소리로 외쳤다.

"누가 나와 또 겨루어 보겠는가?"

옆에 있던 등선옥이 말을 군진 앞으로 몰아 나오며 크게 외쳤다.

"필부! 잠시만 기다려라! 내가 간다!"

홍금이 보니 한 여장수가 금투구와 금갑옷을 입고 나는 듯이 말을 달려 나오고 있었다.

등선옥이 필마로 진 앞에 다다르자 홍금은 아무 대꾸도 없이 칼을 휘두르며 곧장 나아갔다. 등선옥은 쌍칼을 빼들어 급히 막아냈다.

홍금이 속으로 생각했다.

'계집이라 봐줄 형편이 아니지. 속히 목을 베는 것이 상책이렷다.'

홍금은 전처럼 검은 깃발을 사용하더니 말을 탄 채 기문旗門 안으로 들어가면서 등선옥에게 따라오라고 소리쳤다. 영리한 등선옥은 뒤쫓아 가지 않고 급히 오광석을 꺼내 기문 속으로 집어던졌다. 홍금이 그 문 안에서 "아야" 하고 지르는 소리가 들렸다. 홍금은 상처를 입었으므로 깃발을 거두어 자기들 진영으로 패해 돌아갔다.

자아는 병사를 돌려 승상부로 돌아왔으나 전하 희숙명이 목숨을 잃은 것 때문에 승리의 기쁨을 나눌 기분이 아니었다.

'얼마나 더 많은 사람이 목숨을 잃어야 하늘의 뜻을 이룰 수 있단 말인가!'

자아의 두 볼에서 굵은 눈물이 흘러내렸다.

한편 홍금은 오광석에 얼굴을 맞아 눈과 코가 시퍼렇게 멍이 들어 볼썽사나운 모습이었다. 게다가 일개 아녀자에게 이런 봉변을 당했다고 생각하니 몹시 기분이 언짢았다. 잔뜩 이를 갈며 서둘러 단약을 개어 먹었다.

홍금의 상처는 하룻밤 만에 깨끗이 나았다. 다음날 홍금은 말을 타고 직접 성 아래로 가서 여장수와의 싸움을 청했다.

초병이 승상부로 가서 보고했다.

"홍금이 등선옥 장군만을 요구합니다."

자아는 아직도 희숙 명 전하의 죽음이 사실로 믿기지 않아 반쯤 넋이 나간 상태였는지라, 계책없이 그저 뒤에서 들리는 보고만 듣고 있을 뿐이었다. 이때 토행손이 듣고 급히 등선옥에게 말했다.

"지금 홍금이 당신과 싸우기를 청하고 있는데, 당신은 절대로 그의 기문에 들어가면 안되어."

등선옥이 말했다.

"나는 삼산관에서 수년간 큰 싸움을 겪었는데 그까짓 좌도쯤을 모를까봐서요? 제가 어찌 그의 기문으로 들어갈 리가 있겠어요?"

두 사람이 의논하고 있던 중인데 마침 용길공주가 이 소리를 듣더니 급히 정실淨室에서 나오며 물었다.

"그대들은 무슨 말을 하는가?"

토행손이 대답했다.

"천자진영에 홍금이라는 대장이 하나 있지요. 그 자는 환술幻術에 능하여 검은 깃발을 기문으로 변화시켰는데,

희숙 명 전하께서 그리로 따라 들어갔다가 그만 그놈의 칼에 맞아 목숨을 잃었구먼요. 어제 선옥과 교전하다가 또 깃발을 사용했지만, 선옥은 뒤쫓지 않고 돌 하나를 집어던져 그놈에게 통쾌하게 상처를 입혔지요. 그런데 그놈이 오늘 또 선옥과의 싸움을 요구하기에 제가 오늘도 절대로 그놈을 뒤쫓지 말라고 타이르는 중이구먼요. 그런데 저놈이 떠드는데도 맞싸우러 나가지 않는다면 그놈은 우리 서기성에 인물이 없다고 조롱하지요?"

용길공주가 웃으며 말했다.

"그것은 작은 술수에 불과한 '기문둔旗門遁'이란 것이네. 검은 깃발이 안쪽 기문이라면 흰 깃발은 바깥쪽 기문이네. 걱정 말게나. 내가 친히 나가 거둬올 테니 기다리시게."

용길공주가 은안전에 올라 자아를 뵙고 말했다.

"말 한 필을 빌려주시면 내가 그 장수를 사로잡아 오겠소."

자아는 오점도화구五點桃花駒를 타고 가도록 했다. 공주는 홀로 말을 타고 당당하게 나아갔다. 홍금은 여장수가 나오는 것을 보고 내심 별렀으나, 자세히 보니 등선옥이 아니었다.

홍금이 물었다.

"너는 또 누구냐? 서기성 안에는 웬 놈의 계집장수가

이리도 많단 말이냐."

"말해 줘도 모를 테니 너는 내게 물을 필요도 없다. 그저 말에서 내려 죽임을 당하는 것이 네 할 일이렷다!"

홍금이 크게 웃더니 욕하며 말했다.

"하찮은 것이 대담하기도 하구나! 어찌 감히 그 따위 말을 입에 담느냐?"

말채찍을 가하고 칼을 휘두르며 짓쳐들어왔다. 용길공주는 수중의 난비검鸞飛劍으로 급히 응수했다. 두 말이 겨우 삼사 합을 맞붙는가 싶었는데 홍금이 또 내기문둔內旗門遁을 쓰려고 했다. 공주가 이를 알아채고 흰 깃발 하나를 취하여 아래를 향해 내리꽂은 다음 칼로 한번 가르자 흰 깃발이 하나의 문으로 변했다. 공주가 말을 몰아 그 문으로 들어가니 순식간에 말도 사람도 아무 흔적이 보이지 않았다.

홍금도 이르러 살펴보았으나 있어야 할 여장수가 보이지 않았다. 그는 크게 놀랐다. 비록 좌도의 술법을 익히고는 있었으나, 외기문에 상생상극의 이치가 있다는 것을 알 턱이 없었으니 놀라는 것은 당연했다.

그때 용길공주가 사방을 두리번거리는 홍금의 뒤쪽으로부터 나왔다. 공주가 검을 들어 홍금의 등을 향해 내리치자, 홍금은 어깨에 맞고 "억!" 하고 비명을 지르며 검은 깃발을 돌볼 틈도 없이 북쪽으로 달아났다.

용길공주가 뒤따라가며 큰소리로 외쳤다.

"홍금은 속히 말에서 내려 죽음을 받아라! 나는 바로 요지瑤池 금모의 딸로서 무왕이 천자를 정벌하는 것을 도우러 온 용길공주다. 네깐 것에게 도술이 있다고 말하지 마라. 네가 하늘로 오르고 땅으로 꺼진다 할지라도 내 끝까지 쫓아가 네 수급을 취할 것이니라!"

용길공주가 앞으로 더욱 바짝 쫓았다. 홍금은 죽어라고 달아났다. 한참을 쫓아가 거의 따라잡을 즈음에 공주가 또 외쳤다.

"홍금아, 오늘 너를 용서해 줄 것으로 생각지 말아라! 내가 강 승상의 면전에서 말했던 대로 반드시 네 목을 베고서야 돌아갈 것이다."

홍금이 들더니 마음이 더욱 급해져서 생각했다.

'지금은 이미 체면을 따질 계제가 아니다. 말에서 내려 토둔법을 써서 달아났다가 다시 진퇴를 생각하는 것이 낫겠다.'

용길공주는 홍금이 토둔법을 써서 도망가는 것을 보고 웃으며 말했다.

"홍금아, 그 정도 오행의 술법을 써서 맘대로 변화하는 것쯤이야 무슨 어려움이 있겠느냐? 내가 간다!"

말에서 내려 목둔법木遁法을 써서 뒤쫓았다. 이는 바로 '목극토木克土'를 따른 것으로서 목이 토를 이길 수 있기 때문이었다.

용길공주가 쉬임없이 뒤를 쫓는 바람에 홍금은 드디어 북해北海까지 떠밀렸다. 홍금이 속으로 생각했다.

'다행히 내가 이 보물을 몸에 지니고 있었으니 망정이지 그렇지 않았더라면 어찌할 뻔했을까?'

급히 물건 하나를 꺼내 바다 속으로 집어던졌다. 그 물건은 물을 만나더니 다시 살아나 바다 물결을 뒤집으면서 솟아나왔다. 그 물건의 이름은 경룡鯨龍이었으니, 홍금은 경룡에 걸터타고 황급히 바다 속으로 도망쳐 들어갔다.

용길공주는 북해 바다를 만나 홍금이 고래를 타고 사라지는 것을 보고는 빙그레 웃으며 말했다.

"요지를 떠날 때 이 보물을 가지고 와서 다행이구나."

급히 비단주머니 속에서 물건 하나를 꺼내더니 역시 바다 속으로 집어던졌다. 그 보물은 물을 보자 원래의 모습을 드러내더니 순식간에 물살을 나누어 놓는 것이 마치 태산과 같았다. 이 보배의 이름은 신내神鯨였는데, 원래의 모습을 바다수면에 떠오르게 했다.

용길공주가 그 위에 올라서서 뒤쫓았다. 이 신내는 경

룡을 능히 굴복시켰다. 경룡이 머리를 들고 바다로 들어가자 물결파랑이 하늘을 뒤덮을 듯 일었다. 그렇지만 곧 신내가 바다로 들어가자 경룡은 기운을 잃고 말았다. 공주는 바짝 쫓아가 곤룡삭捆龍索 채찍을 휘두르며 황건역사에게 명했다.

"홍금을 속히 잡아 서기로 데려가라!"

황건역사는 용길공주의 명을 따라 손쉽게 홍금을 붙잡았다.

황건역사는 승상부에 이르러 홍금을 섬돌 아래에 메다꽂았다. 자아는 마침 여러 장수들과 함께 군사일을 논의하고 있다가 공중에서 홍금이 떨어져 내리는 것을 보았다.

姜子牙金臺拜將

자아가 금대에서 장수에 임명되다

 자아는 홍금이 사로잡힌 것을 보고 용길공주가 성공했음을 알았다. 잠시 뒤, 공주가 승상부로 들어왔다. 자아는 몸을 굽혀 예를 갖추며 말했다.
 "오늘 공주께서 막대한 공을 이루심은 모두 사직과 백성의 큰 복입니다."
 용길공주가 말했다.
 "하산 후 여태껏 승상께 한 치의 공도 이루어 드리지 못했는데, 오늘에야 홍금을 사로잡아 면목이 섰으니 승상께서 마음대로 처리하소서."

용길공주는 말을 마치고 이내 정실로 돌아갔다. 자아는 좌우에 명하여 홍금을 전 앞에 끌어다놓게 하고 물었다.

"너처럼 하늘을 거역하여 악을 행하는 무리가 어찌 살아 돌아갈 수 있겠느냐? 어떤 교묘한 말로도 나의 분함을 막지 못하리로다. 희숙 명 전하의 영혼 앞에 너의 목을 제물로 바치겠노라."

곧 명을 내렸다.

"끌어내 당장 목을 베어 효수하라!"

남궁괄이 형의 집행명령이 떨어지기를 기다렸다가 막 칼을 내리치려는 순간, 한 도인이 헐레벌떡 달려 들어와 손을 내저으면서 소리쳤다.

"칼을 잠시 멈추시오!"

도인의 기상이 범속치 않은지라, 남궁괄이 칼을 거두고서 급히 승상부로 들어가 아뢰었다.

"소장이 홍금의 목을 베려는 순간 웬 도인이 나타나 칼을 멈추게 했습니다. 감히 제 마음대로 할 수 없어 말씀드리니 직접 결정하십시오."

자아가 그 도인을 불러오라고 일렀다. 잠시 뒤 그 도인이 전 앞에 이르러 자아에게 머리를 조아려 인사했다.

자아가 물었다.

"도형은 어느 명산의 동부에서 오셨소이까?"

"빈도는 월합노인月合老人입니다. 부원선옹符元仙翁께서 일찍이 용길공주와 홍금은 세속의 인연이 있어 혼인의 언약을 맺었노라고 말씀하셨기에, 이렇게 특별히 와서 알려드리는 것입니다. 홍금의 죄가 막중하나 살려두면 또한 5관을 치는 데 한몫 거들 것입니다. 자아공께서는 부디 이 대사를 어기지 마십시오. 빈도가 감히 말씀을 드렸습니다."

자아가 곰곰이 생각했다.

'용길공주는 도궁道宮의 선자仙子인데 내가 어찌 속세에서의 인연을 함께 얘기하겠는가?'

이에 등선옥에게 명하여 먼저 용길공주를 만나 월합선옹의 말을 전하게 했다. 그런 뒤 다시 의논할 셈이었다. 등선옥이 공주에게 일을 의논하고자 청했다. 공주가 정실에서 급히 나와 등선옥을 보며 물었다.

"무슨 일로 나를 보자는 것인가?"

"지금 월합선옹이라는 사람이 와서 말하기를 '공주께서는 홍금과 속세의 인연이 있어 일찍이 혼인의 약속을 맺었으므로 일세의 부부가 되어야 한다'면서, 전 앞에서 승상과 이 일을 의논하고 있습니다. 그래서 승상께서 저를 불러 공주께 이 일을 알리게 하신 뒤 직접 만나 의논하시려 합니다."

"참으로 무슨 말인지 모르겠네. 나는 요지에 있을 때 계율을 범했기 때문에 속세로 귀양왔는데, 이제 두번 다시는 요지로 돌아가 모녀가 상봉할 수 없는 운명이네. 그런데 이렇게 하산하고 나서도 어찌 이런 속세의 악연을 하나 더 얻어야 한단 말인가?"

공주가 한탄하자 등선옥은 감히 아무 말도 할 수 없었다. 잠시 뒤 월합선옹이 자아와 함께 안채에 이르렀다. 공주는 선옹을 보자 머리를 조아려 인사했다.

선옹이 말했다.

"이제 공주께서는 정도正道로 돌아가실 수 있게 되었소. 이렇게 속세로 귀양오게 된 것도 실은 이 일단의 속연을 이루어 본원本元으로 돌아가게 함이었소. 더구나 이제 자아께서 머잖아 장수로 임명받으시면 병사가 5관을 넘어야 하는데, 공주께서는 홍금과 함께 불세의 공훈을 세워 청사에 이름을 드리워야 합니다. 공을 이루는 날, 요지에서는 깃발을 드날리며 공주의 회궁回宮을 맞이할 것입니다. 이것은 다 하늘의 운수이므로 공주께서 억지를 부린다고 해서 될 일이 아닙니다. 그래서 빈도가 이렇게 부원선옹의 명을 받고서 험한 길도 마다않고 직접 여기까지 와서 중매를 서는 것입니다. 홍금이 지금 막 형집

행을 당하려는 참에 빈도가 제때에 이르러 알릴 수 있게 된 것만 보아도 하늘의 그 심오한 운수를 알 수 있을 것입니다. 그러니 공주께서는 빈도의 말을 따르소서. 혼인가약을 어그러뜨려 죄를 더욱 깊이 하는 일이 없도록 하십시오. 공주께서는 아무쪼록 깊이 생각하소서!"

용길공주는 월합선옹의 말을 다 듣고 나더니 자신도 모르게 긴 한숨을 내쉬며 속으로 되뇌었다.

'내 손으로 포박한 사내와 혼인을 해야 하다니! 이처럼 기구한 속세의 인연에 얽매이게 될 줄을 누가 알았겠는가! 하지만 이 또한 하늘의 뜻이라면 따르는 수밖에!'

공주가 문득 얼굴이 빨개지면서 말을 꺼냈다.

"어차피 선옹께서 인간의 혼인을 관장하고 계시므로 제가 억지로 사양할 수 없습니다. 두 분께서 주관하시는 대로 따르겠습니다."

자아와 월합선옹이 크게 기뻐하며 곧 홍금을 풀어주고 상처난 데에 약을 잘 발라주었다. 홍금은 무슨 뜻인지 몰라 어리둥절했으나 이내 자초지종을 전해 듣게 되었다. 홍금이 이 일을 어찌 마다하리오. 홍금은 군영을 나와 계강季康의 인마를 불러 돌아오게 하니 이로써 36로의 정벌이 모두 끝나게 되었다. 홍금은 길일을 택하여 공주와 혼인했다.

천생연분이라지만 월합선옹도 쉽지는 않았네.
본래 인연의 끈이 있었으니 다만 끌어다 맺어주었을 뿐.

자아가 용길공주와 인척이 된 것은 바로 천자 35년 3월 초사흗날이었다. 서기성의 뭇 장수들은 동정東征을 준비하여 모든 병기와 식량을 다 갖추어 놓고, 단지 자아가 출사표出師表를 올릴 날만 기다리고 있었다.

다음날 무왕은 조회를 주관하고 말했다.

"상주할 것이 있으면 반열에서 나와 말하고, 별일 없으면 그만 조회를 마치겠소."

말이 채 끝나기 전에 강 승상이 출사표를 어전에 올렸다. 무왕이 받아 올리라고 명하자 봉어관이 출사표를 어탁 위에 펼쳐놓았다. 왕이 처음부터 읽어 내려갔다.

승상 신 강상姜尙이 삼가 표를 올리옵니다. 신이 듣기로 천지는 만물의 부모요, 사람은 만물의 영장이라 했나이다. 하늘이 백성을 도우시어 임금을 세우시고 또 스승을 세우셨습니다. 그래서 상제上帝를 돕고 사방을 사랑으로 어루만지시어 백성의 부모가 되셨나이다. 하오나 지금 은왕殷王 수受는 하늘을 공경치 않고 백성에게는 재앙을 내려 나라에 해독이 넘치게 하고 있나이다. 게다가 현자를 핍박하고 충신을 해치며, 오상五常을 무시하고 음탕과 나태로 공경이란 모른 채 주색에만 깊이 빠져 있나이다. 궁실, 누대, 연못, 사치스런 의복 등으로 만백성에게 해를 끼치고 종묘에는 제사도 올리지 않으며, 노인을 내다버리고 죄인을 친애하며, 요부의 말이라면 그대로 따라 충량忠良을 불살라 죽이고 아이 밴 부인의 배를 도려내며, 간사한 무리의 말만을 떠받들어 믿고 황실의 스승인 사보師保를 내쫓으며, 전형典刑을 폐기하고 올바른 선비를 옥에 가두며, 처자를 살육하고 술에 잔뜩 취해 기이하고 음란한 짓으로 요부를 즐겁게 할 생각이나 하며, 교사郊社를 돌보지 않고 있습니다. 실로 은나라의 죄가 가득하여 천인이 공노하고 있나이다.

지금 천하의 제후들이 맹진孟津에서 큰 회합을 갖고 장차 군대를 일으켜 백성을 도탄에서 구해내려 하고 있나이다. 대왕께서는 생명을 사랑하시는 상천上天의 마음을 헤아리시고 4해 제후의 염원을 믿고서, 천하만민의 고통을 생각하소서. 길일을 택하여 출병하시어 크게 떨치고 일어나 하늘의 형벌을 받들어 행하신다면, 사직과 신민 모두에게 큰 다행이 될 것입니다! 상세한 시행지침을 내려주시기 바라오며, 삼가 표를 갖추어 아뢰옵니다.

왕이 다 읽고 나더니 한동안 깊이 생각한 뒤 말했다.
"상보의 표에서는 천자께서 무도하여 천하의 버린바 되었으니 정벌함이 마땅하다고 하셨으나, 지난날 선왕께서 '절대로 신하로서 임금을 치지 말라' 하신 유언이 있소. 그런데 오늘과 같은 일이 있게 되었다니 천하의 후세사람들이 짐을 구실로 삼을 것이오. 더욱이 짐이 선왕의 유언을 그르치게 된다면 이는 불효가 되는 것이오. 비록 천자께서 무도하다 해도 임금은 임금이시오. 그런데 짐이 만약 치게 된다면 이는 바로 불충이오. 짐과 상보만이라도 함께 신하의 절개를 지켜 천자께서 개과천선하시기를 기다리는 것이 아니 좋겠소?"

자아가 무왕의 뜻을 미리 짐작하고 있다는 듯 신중히 말을 이었다.

"신이 어찌 감히 선왕의 말씀을 거스르겠나이까? 단지 천하의 제후들이 중외에 이미 포고하여 천자의 죄상을 알리고 천하의 임금될 자격이 없다고 여기고서, 제후를 규합하여 맹진에서 큰 회합을 갖고, 하늘의 위엄을 밝게 드날리며 백성을 위로하고 죄인을 벌하는 군대를 일으켜 은나라의 정세를 관망하고 있습니다. 앞서 동백후 강문환姜文煥, 남백후 악순鄂順, 북백후 숭흑호崇黑虎 등이 문서를 갖추어 이 사실을 알려왔사온데, 만일 어느 한 제후가 이르지 않는다면 먼저 그 거역의 죄를 문책하고 나서 무도함을 정벌키로 되어 있나이다. 신은 이제 겨우 주춧돌을 놓은 국가의 일을 잘못 그르칠까 두려워 이처럼 표를 올린 것이오니, 대왕께서 친히 결정하여 주시옵기를 바라나이다."

"이미 그들 세 제후가 은나라를 치려 한다면 그들이 하는 대로 내버려 두겠소. 그러나 짐과 상보는 본거지를 고수함으로써 신하의 절개를 다해, 위로는 신하된 자의 예의를 잃지 않고 아래로는 선왕의 명을 지킬 수 있도록 함이 또한 좋지 않겠소?"

"오직 하늘만이 만물의 부모요, 오직 인간만이 만물의 영장인데 그 중 총명을 부여받은 이가 군주가 되며 군주는 따라서 백성의 부모가 되는 것입니다. 그런데 지금 천자 수受는 백성들을 박해하여 마치 물이나 불 속에 앉아 있는 것처럼 만들어, 그 가득 찬 죄악이 하늘까지 진노케 했습니다. 이 사실을 아신다면 선왕께서도 가만 계시지는 않을 것입니다. 그러니 대왕께서 지금 곧 백성을 위로하고 죄인을 벌하는 군대를 일으키심은 바로 하늘을 대신하여 토벌하는 것이오며 백성을 도탄에서 구하는 것입니다. 만일 하늘의 뜻을 따르지 않는다면 그것이야말로 큰 죄가 될 줄 아옵니다."

바로 그때 상대부 산의생이 나서며 아뢰었다.

"승상의 말씀이야말로 나라를 위한 충정의 책략이오니 대왕께서는 마땅히 들으셔야 합니다. 지금 천하의 제후들이 맹진에서 큰 회합을 갖고 있는데, 대왕께서 만일 병사로서 상응치 아니하신다면 곧 뭇 사람들에게서 신임을 얻지 못할 것입니다. 그리하면 곧 뭇 사람들이 복종치 아니하고서 반드시 우리에게 죄를 덮어씌울 것입니다. 하물며 천자는 참언을 믿고 여러 차례 서토를 정벌하여 백성들이 놀랍고도 당황스런 고통을 당하던 차에, 문무대신이 큰 전공을 세워 지금 겨우 평안을 얘기할 수 있다 싶은 상태가 되었습니다. 그런데 또 천하의 병사를 불러들인다면 화가 그칠 날이 없게 될 것입니다. 신의 어리석은 생각으로는 상보의 말씀을 따라 천하의 제후들과 함께 은나라의 교외에 병사를 주둔시킨 채 그 정치를 살피다가 스스로 고치기를 기다린다면, 천하만민이 모두 그 복을 받고 또한 제후들에게 신임을 잃지 않으며 서토에는 전쟁의 재화를 남기지 않게 될 것입니다. 그리하면 위로는 임금에게 충성을 다할 수 있고 아래로는 선왕에 대한 효를 다할 수 있으니 가히 최상의 책략이라 이를 만합니다. 대왕께서는 굽어 살피소서."

무왕은 산의생의 말을 듣고 나서 자신도 모르는 사이에 기뻐하며 말했다.

"대부의 말이 맞소. 그런데 얼마나 되는 인마를 써야 되겠소?"

"대왕의 병사가 5관에 들려면 마땅히 승상을 대장군으로 임명하시고 황월黃鉞과 백모白旄를 부여하여 대권을 모두 관리케 하심으로써 성 밖의 정치를 온전히 담당케 하시는 것이 일을 해나가는 데 편리할 것입니다."

"대부의 주장대로라면 곧 상보를 대장군에 임명하여 정벌을 맡게 하자는 것이구려."

"옛날에 황제黃帝께서 풍후風后를 임명하실 적에 대를 건축하여 황천皇天·후토后土와 산천·강하의 신들에게 고하고 수레를 내리심으로써 장수로 임명하는 예를 이루셨나이다."

"일체의 모든 일을 대부께서 알아서 하시오."

왕이 조회를 산회했다. 산의생은 승상부로 가서 축하 인사를 드렸다. 백관이 모두 기뻐했으며 문객들도 하나같이 좋아했다. 실로 무왕의 충효는 그 누구도 따를 수 없는 것일진대, 산의생의 언변 또한 천하에 유일한 것이었다.

산의생은 다음날 자아에게 말하여 남궁괄과 신갑으로 하여금 기산으로 가서 장대將臺축조를 감독케 하라고 했다. 두 사람은 즉시 기산으로 가서 목재며 벽돌 등의 물건을 잘 선택하여 그날로 공사를 일으켰다. 거의 하루 만에 장대가 완성되었다.

산의생이 내정에 들어가 왕께 아뢰었다.

"신 등은 교지를 받들고 장대의 축조를 감독하여 이미 완성했사온데, 삼가 길일을 택하여 보니 3월 15일입니다. 대왕께서는 금대金臺에 납시시어 친히 상보를 임명하소서."

왕은 그 뜻을 받아들이고 예를 행할 날이 이르기만을 기다렸다.

3월 13일, 자아는 신갑을 군정사軍政司로 세우고, 먼저 '참법기율패斬法紀律牌'를 원수부에 내걸어 뭇 장수들로 하여금 모두 알게 했다. 신갑이 명을 따라 기율패를 원수부에 내걸었다.

천자를 소탕하기 위해 천보天寶대원수 강상은 조약을 유시하여 대소 장수들에게 알리노라. 조약의 각 항목들을 열거하면 다음과 같다.
1. 북소리를 듣고 나아가지 않고 징소리를 듣고 물러서지 않거나, 기를 들 때 일어서지 않고 기를 내릴 때 엎드리지 않으면, 이는 곧 태만한 군사 즉 만군慢軍이다. 어기는 자는 참수.
2. 이름을 불러도 대답하지 않고 점호를 하여도 오지 않거나, 시간을 어겨 이르지 않고 기율을 거슬러 행동하면, 이는 곧 기만하는 군사 즉 기군欺軍이다. 어기는 자는 참수.
3. 밤에 경보를 전했으나 나태하여 보고하지 않거나, 시간을

어기고서도 성호聲號가 명확하지 않으면, 이는 곧 나태한 군사 즉 해군懈軍이다. 어기는 자는 참수.

4. 원망의 말을 많이 내뱉고 주장을 훼방하거나, 약속을 지키지 않고 가르침을 방해하여 다스리기 어려우면, 이는 곧 난폭한 군사즉 횡군橫軍이다. 어기는 자는 참수.

5. 큰소리로 우스운 이야기를 떠들어 금지약속을 멸시하고, 군문을 드러내 놓고 욕하면, 이는 곧 경솔한 군사 즉 경군輕軍이다. 어기는 자는 참수.

6. 필요한 병기를 전량錢糧과 바꿔치고, 궁노弓弩의 줄을 끊어뜨리거나, 화살에 우촉羽鏃이 없고, 검극이 날카롭지 않고, 기치가 낡아 헤어져 있으면, 이는 곧 탐욕스런 군사즉 탐군貪軍이다. 어기는 자는 참수.

7. 헛소문을 퍼뜨리고, 귀신을 날조하거나, 꿈꾼 것을 가지고 사설邪說을 늘어놓아 장사를 미혹시키면, 이는 곧 요망스런 군사즉 요군妖軍이다. 어기는 자는 참수.

8. 간사한 혀와 날카로운 이빨로 헛되이 시비를 판단하거나, 사졸간에 서로 다투어 대오를 어지럽히면, 이는 곧 교활한 군사 즉 조군刁軍이다. 어기는 자는 참수.

9. 이르는 곳에서 백성을 능욕하거나 부녀를 추행하면, 이는 곧 간음하는 군사즉 간군姦軍이다. 어기는 자는 참수.

10. 다른 사람의 재물을 훔쳐 자기의 이익으로 삼거나, 다른 사람이 취한 수급을 빼앗아 자기의 공으로 삼으면, 이는 곧 도적질하는 군사즉 도군盜軍이다. 어기는 자는 참수.

11. 군중에서 대중의 의사議事를 모으거나, 군영 가까이서 사사

로이 소식을 염탐하면, 이는 곧 간첩질하는 군사 즉 탐군探軍이다. 어기는 자는 참수.

12. 모의하는 것을 듣거나 혹 호령을 듣고서 이를 외부에 누설하여 적으로 하여금 알게 하면, 이는 곧 배반하는 군사 즉 배군背軍이다. 어기는 자는 참수.

13. 출진할 즈음에 혀가 굳어져 응답하지 못하고, 눈썹을 낮게 드리운 채 고개를 숙이고 얼굴에 난색을 표명하면, 이는 곧 겁 많은 군사 즉 겁군怯軍이다. 어기는 자는 참수.

14. 대오를 이탈하여 앞뒤를 흐트러뜨리고, 큰소리로 시끄럽게 떠들어 금지약속을 준수치 않으면, 이는 곧 질서를 문란케 하는 군사 즉 난군亂軍이다. 어기는 자는 참수.

15. 부상과 병을 사칭하여 진격을 회피하거나, 고의로 죽은 체 했다가 탈출 도망하면, 이는 곧 간교한 군사 즉 간군奸軍이다. 어기는 자는 참수.

16. 전량미를 맡아 주관하여 상을 줄 때, 개인적인 친분에 따라하여 사졸들의 원망을 사면, 이는 곧 부정을 저지르는 군사 즉 폐군弊軍이다. 어기는 자는 참수.

17. 적의 상황을 정탐함에 있어 자세하고 정확하지 않아, 이르렀음에도 이르렀다고 말하지 않고, 수가 많은데도 적다 하거나 적은 데도 많다고 한다면, 이는 곧 일을 그르치는 군사 즉 오군誤軍이다. 어기는 자는 참수.

자아가 이 '참법패斬法牌'를 원수부에 걸자 뭇 장수들

이 이를 보고 공경하여 삼가지 않음이 없었다.

한편 산의생은 다음날 즉, 14일이 되자 내정에 들어가 왕을 알현하고 말했다.

"대왕께서는 내일 이른 아침에 승상부로 납시어 승상께 장대에 오르도록 청하소서."

"장수임명의 도는 그 예를 어떻게 행하는 것이오?"

"대왕께서는 황제黃帝께서 풍후風后를 임명했던 전례와 같이만 하신다면 곧 장수임명의 예를 이루시는 것이 됩니다."

"경의 말이 짐의 뜻과 바로 합치되는구려."

드디어 3월 15일이 찾아왔다. 왕은 아침 일찍 조정의 문무대신을 모두 대동하고 함께 승상부 앞에 이르렀다. 안에서 음악소리가 세 번 울려 퍼지자 군정사가 수문관에게 명했다.

"포를 쏘아 문을 열라."

포성이 세 차례 울리면서 승상부의 오문이 열렸다. 산의생이 인도하고 무왕은 뒤를 따라 곧 은안전에 이르렀다. 군정사가 원수로 하여금 전에 오르도록 급히 아뢰었다.

"대왕께서 친히 임명하러 오시어 원수께서 수레에 오르

시도록 청하십니다."

자아가 서둘러 도복道服을 입고 나왔다. 무왕이 곧 몸을 앞으로 굽혀 인사하며 말했다.

"원수께서는 수레에 오르십시오."

자아가 황망히 사례하고 왕과 함께 좌우로 나뉘어서 나란히 오문까지 나갔다. 왕이 다시 한번 몸을 굽혀 인사를 했다. 양쪽에서 자아를 부축하여 수레에 오르도록 했다.

산의생이 무왕에게 봉황의 꼬리를 들고 3보 앞으로 나아가게 했다. 자아 개인으로서는 하늘 아래 두번 다시 없는 크나큰 영광이었다. 궁벽한 시골의 한낱 낚시꾼이 마침내 대장군에 봉해질 줄 누가 알았으리! 후인이 시를 지어 자아가 말년에 이와 같이 영광스러운 은총을 입은 것을 예찬했다.

주周의 군주 오늘 아침 장대에 도열하니,
풍운용호風雲龍虎의 네 문이 열렸네.
길 가득히 향기 풍겨나고 의관 차려입으니,
자줏빛 기운 하늘까지 닿고 임금께서 친히 납시었네.
용맹스런 병사 통솔하여 상서로운 광채까지 더하니,
사마士馬를 안배하여 드높음을 다했네.

반계磻溪에서 오늘 인룡人龍이 나왔으니,
8백 년 주나라의 토대 마련하고 이재異才를 기뻐하네.

자아가 의장대를 따라 성을 나서니 전면의 70리 길거리가 모두 커다란 붉은 깃발로 넘실거렸는데, 서기산까지 계속 이어져 있었다. 서기의 백성들은 남녀노소 할 것 없이 모두가 길거리에 나와 기쁜 마음으로 이 광경을 바라보았다.

자아가 기산에 이르러 장대 옆으로 가까이 가자 거기에는 패방牌坊이 하나 서 있었고, 그 위에는 다음과 같은 한 폭의 대련對聯이 붙어 있었다.

3천 년 사직이 주나라 임금께 돌아오니,
모든 화이華夷가 무왕께 속하네.

뭇 장수들은 길옆으로 나뉘어 걸었다. 무왕이 장대 옆에 이르러 한번 쳐다보니, 그 높이가 몹시 대단하고 무척이나 위세있게 솟아 있었다.

장대의 높이는 3장丈이니 이는 곧 하늘·땅·사람 3재才의 형상을 따른 것이고, 너비는 24장이니 24절기를 따른 듯했다.

장대는 모두 3층인데, 제1층의 중앙에는 각기 누런 옷을 입은 25인이 서 있고 손에는 저마다 누런 깃발을 쳐들었다. 동편에도 25인이 서 있는데 각기 푸른 옷을 입었고 손에는 푸른 깃발을 들었으며, 서편의 25인은 모두 흰 옷을 입었고 손에는 흰 깃발을 들고 있었다. 남쪽의 25인은 모두 붉은 옷을 입었고 손에는 붉은 깃발을 들었으며, 북쪽의 25인은 검은 옷을 입었고 손에는 검은 깃발을 들었다.

제2층에는 365인이 있는데, 손에는 각기 커다란 붉은 깃발 365개를 들었으니 하늘의 둘레가 365도度인 것을 따른 것이었다.

제3층에는 72명의 아장牙將이 서 있는데, 각기 검·극戟·조抓·추鎚 등을 잡고 있으니 72후侯를 따른 것이었다.

산의생이 무왕에게 수레에서 나오도록 청했다. 왕이 서둘러 수레에서 내렸다.

산의생이 말했다.

"대왕께서는 원수 앞으로 가셔서 원수에게 수레에서 내리도록 청하소서."

왕이 수레 앞으로 가서 몸을 굽히며 말했다.

"원수는 수레에서 내리시오."

자아가 서둘러 중군의 도움을 받아 수레에서 내렸다.

산의생이 자아를 장대 옆까지 인도했다.

산의생이 집례를 하며 말했다.

"원수는 남면南面하시오."

산의생이 축문을 읽기 시작했다.

대주大周 13년 맹춘 정묘丁卯 보름 병자丙子에 서주 무왕 희발은 상대부 산의생을 보내 오악五岳·사독四瀆과 명산대천의 신에게 감히 고합니다.

오호라! 하늘은 백성에게 은혜를 베풀고 군주는 하늘을 받들며 뭇 백성들을 편안하게 위로하여 도道에 이르러야 하는 법. 그런데 지금 천자 수受는 하늘을 공경치 아니하고 백성에게 재앙을 내리며, 요부의 말만 듣고서 혼미하게도 제사를 폐하고 답하지 아니하며, 자신의 부모와 아우도 돌보지 않나이다. 또한 사방의 죄지은 자들이 도주해 오면 이를 높이고 잘했다 하여 믿고 일을 시키며 백성들을 포학하게 다룸으로써 상읍商邑에는 패악의 무리들이 우글거리고 있나이다.

오늘 발發은 삼가 밤낮으로 두려워하오니, 만일 하늘에 순응치 않으면 그 죄가 그들과 한 가지가 될 것입니다. 삼가 오늘을 택하여 특별히 강상을 대장군으로 임명하여 하늘을 대신해서 토벌함으로써 사해의 백성들을 편안케 하고자 하나이다. 부디 신께서 우리의 병사들을 도우시어 그

공훈을 이루게 하소서. 엎드려 삼가 아뢰나이다!

산의생이 축문 읽기를 마치자 주공周公 희단姬旦이 자아를 인도하여 제2층 장대로 올라갔다.
주공 단이 집례하며 말했다.
"원수께서는 동쪽을 바라보고 서쪽을 등지십시오."
주공 단이 축문을 읽었다.
그런 다음 이번에는 소공召公 희석姬奭이 자아를 제3층으로 인도하여 올라갔다. 모공 수毛公遂가 왕이 하사한 황월과 백모를 두 손으로 받쳐들고 축원하여 말했다.
"이제 이후로 하늘의 뜻을 받들어 저 폭군을 쳐서 벌하심으로써 백성에게는 평안을, 그리고 천하에는 복락을 끼치기 위하여 대원수께서 오셨나이다!"
자아가 무릎을 꿇고 황월과 백모를 받아 좌우 신하에게 들고 있도록 했다.
집전을 맡은 봉례관捧禮官이 집례하며 말했다.
"대원수께서는 북면하시고 용장봉전龍章鳳篆 즉 제왕의 글을 삼가 받으십시오."
자아가 무릎 꿇고 절했다. 좌우에서는 '중화中和'의 곡을 노래하고 '팔음八音'의 노래를 연주하니, 그 음악소리가 맑게 울리며 위아래로 퍼져나갔다. 소공 석이 축문을 읽기 시작했으니, 그것은 호천상제昊天上帝와 후토신后土神께 고하는 것이었다.

소공 석이 축문을 읽고 난 다음, 자아가 한가운데에 섰다. 군정사가 장대에 올라와 원수에게 인사하고 나서 말했다.

"북을 울리고 기를 세워라!"

양쪽에서 북소리를 울리면서 보독기寶纛旗를 끌고 왔다. 군정사가 원수에게 이마를 보호하는 보물을 머리에 쓰라고 청했다. 군정사가 또한 붉은 칠을 한 쟁반에 금 투구 하나를 받쳐들고 왔다. 그런 다음 투구를 두 손으로 받쳐들고 자아에게 씌웠다. 군정사가 또다시 명령을 전달했다.

"갑옷을 가지고 장대로 올라오라!"

군정관이 갑옷을 두 손으로 높이 받쳐들고 장대 위로 가져왔다.

강 원수가 금빛 갑옷과 투구를 입고 장대 위에 서자 군정사가 전했다.

"인장과 검을 가져오라!"

군정관이 검과 인장을 두 손으로 받쳐들고 장대로 올라왔다. 또 받침대 하나를 가져왔는데 그 위에는 세 종류의 천자와 제후의 물건이 있었고, 안에는 천자의 깃발과 천자의 검과 천자의 화살이 있었다.

군정사가 인장과 검을 받들고 자아의 앞에 이르자 자아는 인장과 검을 수중에 받아들고 눈썹 위까지 높이 치켜들었다. 산의생이 무왕께 강자아를 장수로 임명하도록 청했다.

왕이 장대 아래서 큰절을 여덟 번 올렸다. 왕이 절을 마치자 자아는 신갑에게 천자의 기를 잡고 있도록 한 뒤 대왕께 장대에 오르도록 청하라고 명했다. 잠시 뒤 신갑이 깃발을 잡고 큰소리로 말했다.

"원수님의 명을 받들어 청하오니 대왕께서는 장대에 오르소서!"

대왕이 깃발을 따라 장대에 올랐다.

자아가 명을 전했다.

"인장과 검을 펼치시오."

대왕에게는 남면하여 좌정토록 청했다. 자아가 감사의 절을 마친 뒤 무릎을 꿇고 아뢰었다.

"신이 듣기로 나라는 밖에서 다스려서는 아니되고, 군대는 안에서 통제해서는 아니되며, 두 마음으로 임금을 섬길 수 없고, 의혹된 생각으로 적을 상대할 수 없다고 했나이다. 신이 명을 받아 과분한 존귀함을 얻었으니, 어찌 미력한 힘을 다하여 지우知遇의 은혜를 갚지 않을 수 있겠나이까!"

대왕이 말했다.

"상보께서 오늘 대장이 되어 동정東征을 나가시지만, 원컨대 일찍 맹진에 도착해 병사를 모아 속히 돌아오는 것이 짐의 바람이오."

자아가 은혜에 감사했다. 대왕이 장대에서 내려가자 뭇 장수들은 지휘명령을 기다렸다.

비로소 자아가 명령을 전했다.

"군정관과 뭇 장수들은 알아두라. 모두들 사흘 뒤 교군장敎軍場에서 지시를 듣도록 한다. 오늘은 삼산오악에서 여러 도형들과의 전별연이 있을 것이다."

신갑이 명에 따라 뭇 장수들에게 전하여 숙지시켰다. 대왕은 문무백관들과 함께 금대에 머물렀다.

자아는 장대를 떠나 기산을 향해서 정남쪽으로 나갔다. 나타가 여러 문인들을 옹위하고 자아를 영접을 나왔다. 갑옷과 투구의 위엄스러운 용모들이 십분 장려했다. 갈대집이 있는 곳까지 이르자 옥허문하의 열두 제자가 손뼉을 치면서 활짝 웃으며 반갑게 다가와 자아에게 말했다.

"상장相將의 위의와 장려한 행색을 보니 자아야말로 진인眞人 중의 진인이구려!"

자아가 등을 구부려 사례하면서 말했다.

"여러 사형들의 많은 보살핌을 입어 오늘 병권을 얻게 되었나이다. 미천한 강상이 혼자 어떻게 이룰 수 있었겠소이까?"

뭇 선인들이 말했다.

"하늘이 그대를 내려보내신 뜻이 그러할진대 어찌 겸양의 덕만 보이시오? 강상이야말로 때를 아는 진인이외다. 그건 그렇고 장교성인掌敎聖人께서 도착하시기를 기다려 우리가 술을 올리는 것이 좋겠소."

말이 채 끝나지 않았을 때 공중에서 생황소리가 일제히 들리며 선악仙樂이 연주되었다.

원시천존의 수레가 푸른 난새와 붉은 봉황의 호위 속에 이르자 모든 제자들이 엎드려 절하면서 맞이했다.

자아가 엎드린 채 입을 열어 칭송했다.

"성인의 만수무강을 축원하나이다!"

문도들이 인도하여 물을 따르고 향을 사르며 수레를 영접했다. 원시천존이 갈대집에 올라앉았다.

자아가 다시 절하자 원시천존이 말했다.

"강상, 그대가 40년간이나 공적을 쌓으며 수행하더니 이제야 제왕의 스승이 되어 인간의 복록까지 받았구려. 이를 결코 소홀히 여기지 마시게. 이제 동정하여 천자를 멸하여 공업을 세우면 국토를 봉해 받고 자손이 번성하고 국운이 계속 흥성할 것이네. 이에 내 오늘 특별히 그대를 전송하러 왔네."

그리고는 백학동자에게 일렀다.

"술을 가져오라."

반잔을 따르자 자아가 무릎을 꿇고 받아서 한 번에 다 마셨다. 원시천존이 말했다.

"이 잔은 그대가 성주聖主를 잘 도와 성공하기를 바라는 마음이네."

그러고는 또 한 잔을 주면서 말했다.

"나라를 다스림에 그르침이 없도록 하시게."

다시 또 한 잔을 주면서 말했다.

"속히 제후를 모으시게."

자아가 석 잔째를 마시고 또 무릎을 꿇자 원시천존이 물었다.

"그대가 다시 무릎을 꿇는 것은 어쩐 이유인가?"

"어르신의 하늘같은 은혜와 가르침을 입어 상尙은 장수로 임명받아 동정을 떠나게 되었습니다. 제자의 이번 길에서 길흉이 어떠한지 알지 못하오니 가르쳐 보여주시기를 간구하나이다!"

"그대의 이번 길에는 다른 아무 걱정이 없을 것이네.

삼가 게(偈)를 하나 적어 징험이 있게 하게. 게에는 다음과 같이 적게."

계패관界牌關에서 주선진誅仙陣을 만나고,
천운관穿雲關에서 전염병을 얻지만,
삼가 '뛰어난 예견으로 선덕仙德을 비춰' 막아내고,
만선진萬仙陣을 지나니 신체가 건강하네.

자아가 게를 듣고 감사의 절을 올리며 말했다.
"제자는 이 게를 늘 외우고 다니겠나이다."
원시천존이 말했다.
"나는 그만 수레를 돌려 회궁코자 하니, 자네와 뭇 제자들은 다시 전별연을 계속하게."
뭇 도인들이 갈대집에서 전송 나오니 갑자기 선풍仙風이 한 차례 불어와 수레를 몰아갔다.
뭇 선인들이 다시 와서 자아에게 술을 올리니, 자아는 그때마다 석 잔씩을 마셨다. 남극선옹도 자아에게 전별주 석 잔을 올리고 나서 모두 몸을 일으켜 작별을 고하며 가려 했다.
자아가 사존師尊에게 앞길의 길흉을 묻는 것을 보고 금타가 서둘러 문수광법천존에게 물었다.

"제자의 앞길의 길흉이 어떠하겠나이까?"

도인이 말했다.

"자네는 수신일성修身一性이 산체山體를 넘을 만한데, 무엇이 두려워 5관에 들어갈 계획을 하지 않는가?"

나타도 와서 태을진인에게 물었다.

"제자의 이번 길의 길흉이 어떠하겠나이까?"

태을진인이 말했다.

"자네는 사수관氾水關 앞에서 도술을 거듭하니, 바야흐로 연꽃이 나타나 곧 몸으로 변하리라."

이에 목타가 보현진인에게 물었다.

"제자는 법지를 따라 하산하게 되었는데 귀착됨이 어떠할지 모르겠나이다."

보현진인이 말했다.

"자네는 관에 들어갈 때 전적으로 오구검吳鉤劍에 의지하되, 구궁九宮에 있는 신선의 비전을 배반하지 말라."

위호도 도행천존에게 물었다.

"제자가 강 사숙을 보좌하여 맹진에 이르는 데 장애가 있겠나이까?"

도행천존이 말했다.

"자네는 뭇 사람과는 다른 인물이니, 역대의 수많은 수행객들 가운데 유독 자네만이 온전한 제일의 진인이로다."

뇌진자가 운중자에게 와서 물었다.

"제자가 이번 가는 길에 길흉이 어떠하겠나이까?"

운중자가 말했다.

"자네는 두 개의 선행仙行으로 천하를 평안케 하니, 가히 주나라의 8백 년을 보위할 만하도다."

양전도 옥정진인에게 물었다.

"제자의 이번 길이 어떠하겠나이까?"

옥정진인이 말했다.

"자네도 다른 사람들과는 다른 인물이니, 수양하여 팔구현공八九玄功을 이루어 마음대로 세간을 종횡하도다."

이정이 연등도인에게 물었다.

"제자의 이번 길의 길흉이 어떠하옵니까?"

연등도인이 말했다.

"자네도 다른 사람들과는 다른 인물이니, 육신의 거룩함이 천경天境을 앞질러 오랜 후 영산靈山에서 법대法臺를 호위하리라."

황천화가 청허도덕진군에게 물었다.

"제자의 이번 길의 길흉이 어떠하옵니까?"

도덕진군은 황천화의 운명이 길지 않고 얼굴에 기가 끊겨 있는 것을 보고는 머리를 숙인 채 아무 말도 하지 않았다. 그러나 마음으로는 못내 견딜 수 없이 참으로 가련한 생각이 들었다. 진군이 황천화를 향하여 말했다.

"도제徒弟, 자네가 앞길의 일을 물었으니 내가 게 하나를 주겠네. 늘 마음에 두고 삼가 기록해서 그것에 따라 행한다면 거의 별일 없을 것이네."

首陽山夷齊阻兵

수양산에서 백이·숙제가 주나라 군대를 막아서다

청허도덕진군이 황천화를 위해 게(偈)를 지었다.

높은 자를 만나면 싸우지 말고,
능한 자를 만나면 속히 돌아가라.
금계(金鷄) 머리 위에서 보아,
벌떼가 몰리면 곧 계책대로 하라.
공을 세워 첫째가 되면,
길이길이 성명을 남길 것이로되,
만일 시무(時務)를 알지 못한다면,
몸을 지킴에 어려움과 위험이 있으리라.

도덕진군이 게를 지어주었으나 소년영웅 황천화가 어디 그것을 마음에 두었겠는가? 황천화는 남들이 하는 대로 도덕진군에게 한번 물어본 것에 지나지 않았다.

토행손도 와서 구류손에게 물었다. 구류손도 토행손이 좋지 않으리라는 것을 알았다. 관에 들어갈 수는 있겠으나 장규張奎의 손에 죽을 것이었다. 그래서 그도 게를 하나 지어 토행손에게 주어 영험이 있게 했다.

> 지행地行도술에 이미 능통하다지만,
> 함부로 화를 내어 공을 그르치지 말라.
> 노루 한 마리 뛰어나와 한 입 깨무니,
> 언덕 앞 맹수가 붉은 옷 걸쳤네.

구류손이 게를 지어주자 토행손이 사존에게 감사를 드렸다.

마침내 뭇 선인들이 자아와 작별하고 각각 산악으로 돌아갔다. 자아는 주나라 무왕을 모시고 뭇 장수들과 함께 서기성으로 들어갔다. 그런 다음 대왕은 궁으로 돌아가고 자아는 원수부로 돌아갔다. 대소의 뭇 장수들은 사흘 뒤에 하교장下教場에서 있을 지시를 기다렸다.

다음날 자아는 은혜에 감사하는 글을 지어 궁전에 올

라가 대왕을 알현했다. 자아는 금두건을 쓰고 큰 홍포에 옥대를 찬 채 상주문을 올렸다. 상대부 산의생이 이를 받아 어탁 위에 펼쳐놓았다.

자아가 엎드린 채 아뢰었다.

"신 강상은 선왕으로부터 돌보아 초빙하신 크신 은총을 입었으나, 아직 티끌만한 보답도 하지 못했나이다. 그런데 또 대왕께서 신을 대장으로 임명하셨으니, 이러한 지우의 극진하심은 고금에 드문 일입니다. 이에 신은 견마의 노고를 다하여 깊으신 은혜에 보답코자 하나이다! 오늘 특별히 표를 올리오니 대왕께서는 친히 정벌에 납시어 천인天人의 바람에 순응하시기를 청하나이다."

무왕이 말했다.

"상보의 이러한 거동이야말로 천심에 합하는 것이오."

그런 다음 서둘러 표를 보았다.

대주 13년, 맹춘월에 성탕을 소탕함에 앞서 천보대원수 강상이 아뢰옵니다. 부디 때를 살피시어 변화에 적응하심으로써 천지의 기운을 견고히 하소서. 싸움이나 계책도 역시 신성한 공화功化입니다. 지금 천자 수受가 하늘을 공경치 않고 황음부덕하여 무고한 백성을 잔인하게 학대하며 살육을 자행하니, 하늘이 근심하고 백성이 원망하기에 이르러 우리 서토西土도 어언 10년이나 불안해 왔나이다. 그러니 이제는 하늘의 권위에 의지하여 스스로 진멸에 나서야 합니다. 신이 이와 같이 곤란하고 어려운 생각을 하게 됨은 바로 천자의 죄악이 세상에 가득 찬 것과 때를 같이하는 것입니다. 천하의 제후가 모두 맹진에 모였나이다. 신들의 요청을 살피시어 동정을 허락해 주옵소서. 그리하신다면 만백성이 기뻐 뛸 것이며 장사들은 활기를 찾을 것입니다. 신은 감격하여 밤낮으로 삼가 두려울 뿐입니다. 대왕의 말씀에 감복하여 실로 부절과 황월을 받음이 부끄러울 따름입니다. 대왕께 특별히 간구하나니 부디 하늘의 위엄을 크게 떨치며 토벌을 삼가 행하시어 친히 군영으로 행차하소서. 그리하여 지척에 하늘의 권위를 의탁하고 앞날에 전승全勝을 마련하시며, 이제 오관에 들어가 속히 제후들을 만나시어 은나라에서 정치를 살피소서. 그리하시면 하늘이 그 추악함을 미워하시어 폭군은 참수를 당할 것이오니, 이러고 나서야 천인天人의 분노가 씻길 뿐만 아니라 실로 성탕에게도 빛이 있게 될 것입니다. 신은 온 정성을 다해 간절히 바라나이다. 삼가 표를 갖추어 아뢰나이다.

무왕이 표를 다 보고 나서 물었다.
"상보께서는 군대를 어느 날 출발시키려 하오?"
자아가 말했다.
"신이 적절히 훈련시키고 길일을 택한 뒤 다시 와서

대왕의 출발을 청하겠나이다."

무왕이 좌우에게 전했다.

"주연을 마련하여 상보께 경사를 축하토록 하라."

군신이 함께 술을 마셨다. 자아가 은혜에 감사하고 조정을 나왔다.

다음날 자아는 하교장에서 훈련을 주재하면서 장수들을 점검했다. 자아는 새벽에 교군장(敎軍場)에 갔다가 장대 위에 올랐다. 군정사 신갑이 원수에게 아뢰었다.

"포를 쏘고 기를 세우며 북을 울리고서 장수들을 점검하소서."

자아가 가만히 생각했다.

'지금 인마가 모두 60만이니 네 명을 먼저 보내 협조토록 하자.'

군정사에게 명했다.

"남궁괄·무길(武吉)·나타·황천화를 대에 오르게 하라."

곧 신갑이 명대로 네 명의 장수를 대에 오르게 하자, 자아가 말했다.

"우리 병사가 60만인데, 그대 네 장수를 먼저 보내니 좌·우·전·후의 맡은 바를 점치도록 하라. 그대들은 각각 제비를 하나씩 뽑아 스스로 그 일을 맡아 그릇되고 어지러움이 없도록 하라."

자아는 네 개의 제비를 네 장수에게 주고 각자 하나씩 뽑아 정하도록 했다. 그리하여 황천화는 선발대로 떠날 것을 뽑았고, 남궁괄은 좌초左哨, 무길은 우초右哨, 나타는 후초後哨를 각각 뽑았다.

자아가 크게 기뻐했다. 군정관으로 하여금 꽃을 머리에 꽂아주고 몸치장을 하게 한 뒤, 각자 인신印信을 받도록 했다. 네 장수가 술을 마시고 나서 원수에게 감사했다.

자아는 또 양전·토행손·정륜 등에게도 하나씩 제비를 뽑도록 하여 삼군독량관으로 삼았다. 양전이 첫번째, 토행손이 두번째, 정륜이 세번째 운송을 맡게 되었다.

자아는 군정관을 시켜 세 장수에게 독량인督糧印을 주고, 모두에게 꽃을 머리에 꽂아주고 몸치장도 하게 하자, 세 장수는 각각 석 잔씩 희주喜酒를 마시고 대를 내려갔다.

그런 다음 자아는 군정관에게 장수임명부를 가져오도록 하여 먼저 다음을 점검했다.

황비호黃飛虎, 황비표黃飛彪, 황비표黃飛豹, 황명黃明,
주기周紀, 용환龍環, 오겸吳謙, 황천록黃天祿, 황천작黃天爵,
황천상黃天祥, 신면辛免, 태전太顚, 굉요閎夭, 기공祁恭,

윤훈尹勛

주周의 4현賢8준俊인 모공 수毛公遂, 주공 단周公旦, 소공 석召公奭, 필공 고畢公高, 백달伯達, 백괄伯适, 중돌仲突, 중홀仲忽, 숙야叔夜, 숙하叔夏, 계수季隨, 계왜季騧

희숙 건姬叔乾, 희숙 곤姬叔坤, 희숙 강姬叔康, 희숙 정姬叔正, 희숙 계姬叔啓, 희숙 백姬叔伯, 희숙 원姬叔元, 희숙 충姬叔忠, 희숙 렴姬叔廉, 희숙 덕姬叔德, 희숙 미姬叔美, 희숙 기姬叔奇, 희숙 순姬叔順, 희숙 평姬叔平, 희숙 광姬叔廣, 희숙 지姬叔智, 희숙 용姬叔勇, 희숙 경姬叔敬, 희숙 숭姬叔崇, 희숙 안姬叔安,

무릇 문왕에게는 아흔아홉 명의 아들이 있었는데, 연산燕山에서 다시 뇌진자를 얻었으므로, 모두 합하면 꼭 백 명의 아들이 되는 셈이었다. 그 중에는 네 쌍둥이가 있었고, 모두 스물 네 명의 왕비가 아흔아홉 명의 아들을 낳았다.

서른여섯 명의 태자가 무예를 익혔는데, 천자가 자주 서기를 정벌하러 왔기 때문에 그 싸움터에서 희숙명을 비롯하여 모두 열여덟 명이 사망했다.

또한 귀순한 장수와 부장도 있었다.

등구공鄧九公, 태란太鸞, 등수鄧秀, 조승趙昇, 손염홍孫焰紅, 조전

晁田, 조뢰晁雷, 홍금洪錦, 계강季康, 소호蘇護, 소전충蘇全忠, 조병趙丙, 손자우孫子羽

여장수도 두 명 있었다.

용길공주龍吉公主, 등선옥鄧嬋玉

자아는 장수점검을 다 마치고 나서 명을 전했다.
"황비호를 대에 오르시도록 하라."
자아가 말했다.
"은나라가 비록 운수가 다했다고는 하나, 5관 안에는 반드시 뛰어난 인물이 있을 것이니 방비하지 않을 수 없소. 싸움을 맡은 자는 싸우고 공격을 맡은 자는 공격하는 사이에, 군사는 반드시 진법을 연습하여 진퇴의 병법을 알고 난 뒤에야 적을 무찌를 수 있을 것이오."

그렇게 이른 다음 곧 군정관에게 십진패十陣牌를 대 위에 올려놓도록 명했는데 다음과 같았다.

일자장사진一字長蛇陣
이룡출수진二龍出水陣
삼산월아진三山月兒陣
사문두저진四門斗低陣
오호파산진五虎巴山陣

육갑미혼진六甲迷魂陣

칠종칠금진七縱七擒陣

팔괘음양자모진八卦陰陽子母陣

구궁팔괘진九宮八卦陣

십대명왕진十代明王陣

천지삼재진天地三才陣

포라만상진包羅萬象陣

자아가 말했다.

"이 진은 모두 육도六韜에 따른 것으로 정성껏 잘 연습하면 군사들이 비로소 진퇴의 방법을 알게 될 것이오. 황 장군과 등 장군, 홍 장군은 셋이서 일자장사진一字長蛇陣을 맡으십시오. 포성을 듣고 아래의 여러 진을 변용하되 어긋나거나 어지럽힘이 없도록 하십시오."

세 장수가 명령을 받고 대에서 내려가 일자장사진을 펼쳤다. 막 행하려 할 즈음에 자아가 명을 전달했다.

"포에 점화하면 육갑미혼진六甲迷魂陣으로 변화하십시오."

그러나 결국 해내지를 못했다. 자아가 이를 보고 세 장수를 대 위로 올라오게 해서 다시 가르쳐 말했다.

"오늘의 동정東征은 보통 일이 아닌 대적大敵과의 싸움입니다. 만일 사졸들을 정예롭게 훈련시키지 못한다면 이는 주장의 수치이니 어찌 정벌에 나설 수 있겠습니까? 세 장수께서는 밤낮으로 훈련시켜 결코 나태하여 군령을 어기는 일이 없도록 하십시오."

세 장수는 명을 받고 대에서 내려와 온 마음을 다해 가르치며 또 스스로 익혀나갔다.

다음날 자아는 조정에서 대왕에게 인사를 마치고 아뢰었다.

"인마와 군량이 모두 준비되었으니 대왕께서는 동행東行하소서."

"상보는 나라 안의 일을 누구에게 맡겼으면 좋겠소?"

"상대부 산의생이 국사를 맡을 만하오니 그에게 맡김이 좋을 듯합니다."

"나라 밖의 일은 누구에게 맡기는 것이 좋겠소?"

"노장군 황곤黃滾이 많은 경험으로 노련하오니 군국의 중대임무를 맡길 만합니다."

대왕이 크게 기뻐했다.

"상보의 마땅한 배치가 짐을 매우 기쁘게 하오."

대왕은 퇴조하여 내궁으로 들어가 태희太姬를 뵙고 말했다.

"모후께 삼가 아룁니다. 오늘 상보 강상이 맹진에서 제후들과 회합하는데, 소자도 함께 5관으로 들어가 은나라에서 정치를 살펴보고 즉시 돌아와 부왕의 유훈을 거스르지 않겠나이다."

태희가 말했다.

"강 승상이 함께 간다니 결코 차질이 없을 것이오. 대왕은 모든 일을 상보의 지휘에 따르도록 하시오."

그런 다음 궁중에 술을 준비하도록 분부하여 대왕에게 송별연을 베풀었다.

다음날 자아는 60만의 웅사雄師를 이끌고 마침내 서기를 떠났다.

대왕은 친히 갑옷과 말을 갖추어 대군을 이끌고 십리정十里亭까지 왔다. 대왕의 여러 동생들이 구룡석九龍席에 차례대로 서서 대왕과 강 원수를 전송했다. 여러 동생들이 대왕과 자아에게 술을 드리고 난 뒤에 길일 길시에 군대를 출발시켰으니, 이날이 바로 천자 수 30년 3월 24일이었다.

군대의 출발을 알리는 신호포가 울렸다. 병사들의 위세는 실로 웅장했다. 후세사람들이 이를 시로 읊었다.

정벌의 구름이 해를 가리고 깃발들이 하늘을 가리며,
전사戰士들은 종횡으로 무기를 갖추었네.

비검飛劍의 광채 붉은 번개처럼 번쩍이고,
유성은 비스듬히 걸려 마름쇠를 늘어뜨렸네.
장군의 맹렬함은 그림을 그린 듯하고
천자의 위의는 더할 나위가 없네.
백성을 위로하고 죄인을 정벌하러 떠나니,
천지간에 과연 사사로움이 없음을 비로소 알았네.

'유성流星'은 쇠사슬의 두 끝에 쇠망치를 단 병기이다.

60만에 달하는 웅장한 병거가 서기를 떠나 앞으로 앞으로 연산을 향해 줄곧 짓쳐들었다. 오직 이날만을 기다려온 삼군은 기뻐하며 용기백배했다.

연산을 지나 이윽고 수양산首陽山에 들어섰다. 큰 무리의 인마가 잇달아 지나려는데, 갑자기 백이伯夷와 숙제叔齊 두 사람이 넓은 소매의 헐렁한 홑옷과 삼신을 신고 명주 허리끈을 찬 차림으로, 길 한복판에 서서 대병을 막고 나서며 큰소리로 외쳤다.

"너희는 어디로 가는 병사들이냐? 너희 주장과 이야기하고 싶다."

기마초병이 중군영에 들어와 보고했다.

"원수께 아룁니다. 어떤 도인 두 사람이 대왕과 원수님을 만나 이야기하고자 합니다."

자아가 이를 듣고 곧 대왕에게 청하여 함께 말을 타고 앞으로 갔다. 백이와 숙제가 앞을 향해 머리를 조아리며 말했다.

"대왕과 자아공께 인사드립니다."

대왕과 자아도 몸을 앞으로 숙이며 말했다.

"갑주를 걸치고 있어 말에서 내릴 수가 없소이다. 그런데 두 분께서 길을 막고 계시니 무슨 알릴 일이라도 있습니까?"

백이와 숙제가 입을 모아 말했다.

"금일 주군과 원수께서는 병사를 일으켜 어디로 가시는 것입니까?"

자아가 말했다.

"천자가 무도하여 하늘의 명을 거역하고 만백성을 잔악하게 학대하며, 충성되고 선량한 신하를 불태워 죽이고 있소. 음탕무도한가 하면 무고한 자들의 호소가 하늘에 사무치고 추악한 행실의 소문만이 들리고 있소. 그런데 우리 선왕께서는 사방에 빛을 발하시며 서토에 나타나 하늘의 위엄을 맞아들이셨으나 아직 큰 공훈은 세우지 못했소. 이제 천하의 제후가 일덕일심一德一心으로 맹진에서 대회동을 갖고 있으니, 우리 또한 주나라의 힘을 드날리며 저 강토를 쳐들어가 흉악하고 잔인한 자들을 모조리 처치하면 은나라에도 빛이 있을 것이오."

백이와 숙제가 말했다.

"신들이 듣기로 '아들은 아비의 허물을 말하지 않고, 신하는 군주의 잘못을 드러내지 않는다'고 했소. 그러므로 아비에게는 솔직히 간언하는 아들이 있고, 군주에게는 솔직히 간언하는 신하가 있을 뿐이오. 덕으로써 군주를 감동시킨다는 말은 들어보았어도, 아랫사람이 윗사람을 친다는 소리는 아직 들어보지 못했소. 지금 천자는 분명히 군주이니, 비록 부덕함이 있다 하더라도 온 마음을 다해 간언하여 신하의 절개를 다하는 것이 또한 충성됨을 잃지 않는 것이 아니겠소? 하물며 선왕이 은殷을 섬김에 있어 탕湯에 불충했다는 소리는 듣지 못했소. 신들이 또한 듣기로 '지극한 덕은 감동하지 않음이 없고, 지극한 인仁은 복종하지 않음이 없다'고 했소. 진실로 지극한 덕과 지극한 인이 있다면 어찌 흉악 잔인함을 순박 선량함으로 바꾸어 놓지 못하겠소? 신들의 어리석은 생각으로는 마땅히 물러나 신하의 절개를 지키고, 선왕께서 섬기시던 정성을 체득하여 천고의 군신간의 분수를 지킴이 또한 옳지 않겠소?"

대왕이 듣고 나더니 말을 세우고서 아무 말이 없었다. 대왕이 일단 동정에 나서기는 했으나, 발길이 쉬이 떨어지지 않는 것은 어쩔 수 없는 일이었다. 이를 눈치 챈 자아가 얼른 그들의 말을 받아 대답했다.

"두 분의 말씀이 옳다는 것을 모르는 바 아니오. 그러나 소생의 생각에 이는 좁은 소견이외다. 지금 천하가 미혹되어 백성은 재난에 빠져 있고 삼강이 이미 단절되었으며 치국의 근본도덕인 예禮·의義·염廉·치恥 즉 4유維가 끊어져, 위로는 하늘이 노하고 아래로는 백성이 원망하여 실로 천지가 뒤집히고 사해가 떠들썩하게 들끓는 때가 되었소. 무릇 하늘은 백성을 긍휼히 여겨 백성이 하고자 하는 바를 반드시 좇는 법이외다. 게다가 하늘이 이미 우리 주나라에 명命을 주셨으므로, 만일 하늘에 순복치 않는다면 그 죄를 마땅히 바로잡아야 하는 것이오. 자, 이제 내 갈 길을 가야겠소. 만일 하늘을 거슬러 순복치 않는 것이라면, 이는 우리 선왕에게 죄가 있는 것이 아니라 오직 소인인 내가 어질지 못하기 때문이외다."

자아의 좌우 장사들이 가려 했으나 백이와 숙제 두 사람은 아직 할 말이 남은 듯 머뭇거렸다. 이를 지켜본 자아는 마음이 몹시 불쾌했다.

'이들이 아무리 청렴하다 해도 하나만 알고 둘은 모르고 있다. 천자의 편에서 보자면 능히 불충이겠지만, 진정 하늘과 백성의 뜻을 따른다면 이 길이야말로 진충眞忠

인 것을!'

백이와 숙제는 좌우사람들이 모두 불쾌해 하는 기색을 띤 채 대왕과 자아를 호위하여 앞으로 나아가려 하자, 말 앞에 무릎을 꿇고 말고삐를 잡아당기며 간했다.

"신들은 선왕으로부터 큰 은혜를 받았으므로 끝내 신하의 절의를 지켜 오늘의 마음을 다하지 않을 수 없습니다. 지금 대왕께서는 인의로써 천하를 복종시키신다지만, 부왕께서 돌아가시고 아직 장례도 치르지 않으신 채 방패와 창을 잡으시니, 어찌 이를 과연 효라 할 수 있겠나이까? 신하로서 임금을 벌하는 것을 과연 충이라 할 수 있겠나이까? 신은 천하의 후세사람들이 필시 이를 구실 삼을까 두렵습니다."

좌우의 뭇 장수들은 백이와 숙제가 말을 가로막고 간하여 군사가 앞으로 나아가지 못함을 보고, 크게 노하여 병사를 시켜 이들을 죽이려 했다. 그러자 자아가 황급히 이를 말리며 말했다.

"아니되오. 이들은 천하의 의로운 선비들이오."

그런 다음 급히 좌우로 하여금 이들을 부축해 물러서게 했다. 백이와 숙제도 더 이상 행군을 막을 수 없었다.

훗날 백이와 숙제는 수양산에 들어가 주나라 곡식 먹는 것을 부끄럽게 여겨 고사리를 캐먹고 노래를 부르며 지내다가 마침내 절개를 지켜 굶어죽기에 이르렀다. 그로부터 청렴강개한 충신을 일컬을 때 자주 이들을 빗대어 말하게 되었다.

이날 자아 대군의 동정길을 홀연히 가로막고 나선 일도 하나의 빌미를 주는지 몰랐다. 다만 나라와 백성에 대한 자아와 그들의 생각에 차이가 있음만이 확실할 뿐이다.

자아의 용맹한 군대는 다시 기세등등하게 수양산을 떠나 앞을 향해 나아갔다.

자아의 인마가 금계령金鷄嶺에 다다랐을 때 고갯마루에 인마가 보였다. 두 개의 커다란 붉은 기를 흔들면서 고갯마루에 멈춰서서 대병을 가로막고 있었다. 기마초병이 군진 앞에 이르러 보고했다.

"금계령에 인마 하나가 가로막고 서 있어서 대군이 전진할 수 없으니 어찌하오리까?"

자아가 영을 전했다.

"진군을 멈추고 잠시 쉬게 하라."

군막을 올리고 앉아서 탐사군探事軍에게 일의 자초지종을 물었다.

"이런 곳에서 군사를 가로막고 있다니 어느 곳의 인마란 말인가?"

말이 아직 끝나기도 전에 좌우에서 보고했다.

"한 장수가 싸움을 청합니다."

자아는 그것이 어느 곳의 인마인지도 모른 채 급히 명을 전하며 물었다.

"누가 나아가 대적하겠는가?"

좌초左哨의 선행관 남궁괄이 응답하여 말했다.

"소장이 가겠나이다."

자아가 말했다.

"첫번째 출전이니 부디 조심토록 하시오."

남궁괄은 명을 듣고 말에 올라 큰 포성과 함께 필마로 군영 앞으로 달려나갔다. 앞에는 두건을 쓰고 철갑옷을 입은 한 장수가 검은 말을 탄 채 긴 창을 들고 있었다.

남궁괄이 물었다.

"그대는 어느 곳의 이름 없는 병사인데 감히 서기의 대군을 막고 있는가?"

위분魏賁이 말했다.

"당신은 누구이며 또한 어디로 가는 길이오?"

남궁괄이 답했다.

"우리 원수께서 하늘의 뜻을 받드시어 성탕을 정복하고 토벌하시려는데, 네가 감히 겁도 없이 우리 60만 대군의 인마를 가로막았겠다!"

남궁괄이 대갈일성하고 칼을 휘두르며 곧장 쳐들어가자, 위분은 들고 있던 창으로 가로막았다. 두 말이 서로 엇갈리며 칼과 창이 함께 춤을 추는 가운데 30합을 맞싸웠다. 위분은 생각보다 훨씬 강했다. 남궁괄은 등줄기에 땀이 흐를 정도로 위분에게 시달렸다. 마침내 하마터면 창에 찔릴 뻔하자 그제야 마음속으로 생각했다.

'출병하여 겨우 이곳에 이르러 오늘 이 장수를 만났는데, 만약 패하여 본영으로 돌아간다면 틀림없이 원수께 책망을 당할 것이다.'

남궁괄은 정신을 못 차리고 있다가 그만 위분의 대갈일성에 놀라 자신의 도포띠를 붙잡힌 채 사로잡혔다.

위분이 말했다.

"나는 결코 그대의 생명을 해치지는 않겠으니, 빨리 강 원수께 나와서 상견토록 청하라."

그런 다음 남궁괄을 놓아주어 군영으로 돌려보냈다. 군정관이 중군영에 들어와 보고했다.

"남궁괄이 명을 기다립니다."

"드시라 하라."

남궁괄은 군막에 들어 사실대로 고할 수밖에 없었다. 이미 참법패를 받들었기 때문이었다.

자아가 듣고 대노하여 말했다.

"60만 인마 중에서 장군은 좌초左哨의 수령관인데, 지금 반나절도 못되어 선봉을 꺾이고도 나를 보러올 수 있습니까?"

좌우에게 소리쳤다.

"대군영 문밖으로 끌어내 목을 베고 돌아와 알리라!"

남궁괄이 순순히 오라를 받았다. 좌우가 곧 그를 군영 밖으로 떠밀고 갔다. 위분은 멀리 말 위에서 이 광경을 보고 큰소리로 외쳤다.

"칼을 멈추시오! 강 원수께 상견토록 청하시오. 내게 의논드릴 중요한 기밀이 있소!"

군정관이 황급히 군막 안으로 들어와 보고했다.

"원수께 아룁니다. 그 장수가 군영 밖에서 칼을 멈추라 하면서 원수께 자신이 의논드릴 기밀을 갖고 있다고 합니다."

자아가 더욱 노했다.

"제놈이 우리 장수를 붙잡았다가 죽이지도 않고 놓아서 돌려보내더니, 지금은 또 대군영 앞에서 살려두라고 하다니! 이것은 뜻을 세워 동정에 나선 우리 군대를 거듭 농락하는 일이로다. 내 어찌 징벌로 다스리지 않으리오! 속히 대오를 정렬하여 출진토록 하라!"

포성이 울리고 커다란 붉은 보독기가 펄럭이는데, 대

군영 앞에는 하나같이 모두 홍포에 금갑옷 차림으로 맹위를 떨치고 있었다. 선행관은 옥기린을 타고 살기등등했으며, 나타는 풍화륜에 올라 의기양양한 표정이었다. 뇌진자는 푸른 얼굴에 붉은 수염을 하고 손에는 황금곤黃金棍을 잡았으며, 위호는 손에 항마저를 받쳐들고 있었는데, 모두 구름빛이 서려 있었다.

자아가 사불상 위에서 물었다.

"그대는 누군데 나를 보자는 것인가?"

위분은 자아의 엄정한 위의와 선명한 병갑兵甲을 보고 그 흥성한 조짐을 알아차렸다. 이내 말에서 내려와 길옆에 엎드려 절하면서 말했다.

"소장은 원수의 천병天兵이 천자를 치려 한다는 소식을 접하고 휘하에 들어 견마의 미력한 힘이나마 다하여 청사에 공명을 덧붙이고자 기다렸습니다. 그러나 한번도 원수의 실제모습을 뵙지 못했던 까닭에 감히 뛰어들지 못했나이다. 그런데 지금 직접 원수를 뵙고 또한 군사와 병마의 정예로움과 위엄 있는 명령과 절도 넘치는 위의를 대하니, 군위軍威뿐만 아니라 인덕仁德까지 갖추고 계심을 알겠나이다. 그러니 제가 어찌 감히 채찍을 들고 말 뒤를 따르며 함께 저 폭군을 토벌하여 인신人神의 분노를 씻지 않겠나이까?"

자아가 기분이 상쾌해져서 그로 하여금 곧 군영에 들도록 명했다. 위분이 군막에 들어와 다시 땅에 엎드려 절하면서 말했다.

"저는 어려서부터 창쓰기와 말타기를 익혔으나 아직 그 주인을 얻지 못했는데, 이제야 명군과 원수를 만나게 되었으니 수년간의 전심전력이 어그러지지 않게 되었나이다."

자아가 크게 기뻐했다. 위분이 다시 무릎 꿇고 말했다.

"원수께 아뢰옵니다. 남궁 장군이 비록 한때 패하긴 했으나, 바라옵건대 원수께서 긍휼히 여겨 사면해 주심이 마땅할 듯합니다."

자아가 말했다.

"남궁괄이 비록 패하기는 했지만 그로 인하여 위 장군을 얻게 되었으니 도리어 길조인 듯하오."

명을 내려 남궁괄을 풀어서 데려오도록 했다. 좌우가 남궁괄을 풀어주고 군막으로 들게 했다. 남궁괄이 자아에게 감사드리자 자아가 정색하며 말했다.

"장군은 선왕 이래 주왕실의 으뜸 되는 공훈을 세운 장수였으나, 수령장수의 신분으로 첫 싸움에서 기회를 놓쳤으니 참수에 처함이 마땅할 것입니다. 그러나 위분이 우리 서주에 귀순했으니 이는 곧 먼저 흉하고 나중이 길함이라 생각되오. 장군은 좌초의 선행인先行印을 위분에게 넘겨주시고 지시를 따르도록 하시오."

즉시 위분을 좌초에 임명했다. 그러자 남궁괄은 인끈을 위분에게 넘겨주었다. 이는 실로 대군을 거느릴 때의 군기를 아는 장수의 병사兵事로서, 이로 인해 자아의 대군은 더욱 엄정한 군기를 갖게 되었다.

한편 장산진영이 패망한 일로 사수관에 급보가 이르자, 한영은 이미 자아가 3월 15일에 금대金臺에서 장수로 임명되었음을 알고 상주문을 갖추어 조가에 올렸다. 그날 미자微子가 상주문을 보고 있다가 급히 내정에 들어가 천자를 알현하고서, 장산이 나라를 위해 목숨을 바쳤다고 아뢰었다. 천자가 크게 놀랐다.

"희발의 창궐함이 여기까지 이르렀다니 뜻밖이로다!"

서둘러 교지를 전하고 종과 북을 울리면서 어전으로 나갔다. 백관이 조정에 나아와 임금께 하례했다.

천자가 말했다.

"지금 희발이 멋대로 날뛰고 있는데, 경들은 이 서토의 큰 골칫거리를 없앨 무슨 좋은 묘책이라도 있소?"

말이 채 끝나기 전에 반열 가운데서 불쑥 중대부 비렴이 나서며 엎드려 아뢰었다.

"강상은 곤륜의 좌술지사左術之士이므로 보통의 병법으로는 사로잡아 섬멸할 수 없으니, 폐하께서는 조칙을 내리시어 반드시 공선孔宣을 등용하여 장수로 삼으셔야 합니다. 그는 오행의 도술에 능한 자이므로 틀림없이 반역도를 사로잡고 서토를 섬멸할 수 있을 것입니다."

천자가 상주를 인준하고 즉시 사신을 보냈다.

사명관使命官이 삼산관에 이르러 전했다.

"교지를 받으시오."

공선이 전 위에 이르러 받았다. 흠차관이 조칙을 읽기 시작하자 공선은 무릎을 꿇은 채 들었다.

조칙을 내리노라. 천자에게는 정벌의 권세가 있고, 장수에게는 전장의 임무가 있도다. 지금 서기의 희발이 멋대로 날뛰며 여러 차례 천자의 군사를 꺾어 그 죄는 이미 용서받을 수 없도다. 이에 그대 공선이 계책과 술수에 모두 능하여 고금에 상대할 만한 자가 없다 하기에 대장으로 윤허하노라. 특별히 사령관을 보내 그대에게 부월斧鉞과 정기旌旗 등을 주어 정벌을 전담케 하노라. 힘써 악당의 수괴를 사로잡고 요망한 놈들을 섬멸하여 서토를 영원히 평정함으로써, 그대의 공이 사직에 있게 되면 짐 또한 더불어 영광이 될 것이다. 짐은 결코 봉토를 아끼지 않고 그대의 공을 갚으리라. 그대는 삼가 행하도록 하라! 이에 조칙을 내리노라.

공선이 그밤으로 군영에 내려가 인마를 점검하니 모두 10만이었다. 보독기를 배수받고 다음날로 삼산관을 떠났다. 새벽부터 밤늦도록 배고프면 먹고 목마르면 마시면서 행군했다. 마침내 정탐병이 중군으로 들어와 보고했다.

"사수관의 한영이 총령을 접견코자 합니다."

"모시도록 하라."

한영이 중군에 이르러 인사했다.

"원수께서는 너무 늦게 오셨습니다."

"어째서 늦었단 말이오?"

"자아가 3월 15일 금대에서 장수로 임명받고, 인마가 이미 서기를 출발했습니다."

"제깟놈의 강상이 무얼 할 수 있단 말이오? 내가 이번에 온 것은 희발의 군신이 조가에 들어가지 못하도록 하기 위해서요."

이어서 공선이 분부했다.

"속히 관문을 열라!"

인마를 재촉하며 서기의 대로를 향해 나갔다. 하루가 되지 않아 금계령에 이르렀다.

정탐병이 와서 보고했다.

"금계령 아래에 주나라 병사가 이미 와 있으니 어찌하오리까?"

공선이 명을 전했다.

"대군영을 고갯마루에 설치하고 주나라 병사들을 가로막도록 하라."

이리하여 동정에 나선 서기의 군대가 마침내 성탕의 군대와 첫 일전을 갖게 되었다.

孔宣兵阻金鷄嶺

공선의 병마가
금계령을 막아서다

자아의 인마가 곧장 똑바로 행군해 가는데, 정탐병이 중군영에 들어와 알렸다.

"전방 고갯마루에 천병이 가로막고 있나이다."

자아가 명했다.

"군막을 정돈하고 주둔하라."

그런 다음 자아는 군막에 앉아 곰곰 생각해 보았다.

'36로의 인마가 모두 다 왔을 터인데, 어떻게 또 병사가 올 수 있단 말인가?'

자아는 골똘히 생각에 잠겨 손가락으로 점을 쳐보았

다. 그러다가 문득 수 계산이 잘못되었음을 깨달았다.

'애초 장산이 35로였으니 이번 1로가 비로소 36로인 셈이로구나. 이거 일이 아주 번거롭게 되었구나.'

한편 공선이 고갯마루 위에서 사흘간이나 가로막고 있는 동안 자아의 대병력이 차례로 도착했다. 급히 명을 내려 물었다.

"누가 서주진영으로 가서 한번 겨루어 보겠느냐?"

선행관 진경陳庚이 자리에서 나서며 말했다.

"제가 먼저 나가겠나이다."

공선이 이를 허락했다. 진경이 고갯마루를 내려가 서주진영에 이르러 싸움을 걸었다.

정탐병이 중군영에 들어와 보고했다. 자아가 좌우에게 물었다.

"누가 나서겠는가?"

선행관 황천화黃天化가 말했다.

"소장이 가겠습니다."

자아가 조심할 것을 거듭 분부하며 이를 허락했다. 황천화가 서둘러 옥기린에 올라 진영을 나섰더니, 장수 하나가 오고 있는 것이 보였는데 손에 방천극을 잡고서 크게 외쳤다.

"반적이 어느 놈이냐?"

황천화가 대답했다.

"나는 반적이 아니라 은나라를 정벌하기 위하여 천명을 받드신 천보대원수 휘하의 선행관 황천화라 한다. 네 놈이야말로 누구더냐? 이름이라도 밝혀야 공적부에 네 놈의 수급을 기록해 놓을 게 아니냐?"

진경이 대노했다.

"이런 개 같은 놈, 감히 천자의 원수에게 대항을 해?"

달리는 말 위에서 창을 휘두르며 황천화에게 정면으로 달려들었다. 황천화는 쌍추를 휘둘러 이를 막아냈다. 기린과 말이 오가고 추鎚와 극戟이 맞부딪쳤다.

기린과 말이 맞붙어 30합을 크게 싸우고 나서 황천화는 맞대결로는 좀처럼 승부를 내기 어렵다는 것을 알았다. 그리하여 슬쩍 창을 거두면서 달아나기 시작했다. 진경은 위험을 알아차리지 못하고 곧장 뒤를 쫓아왔다.

황천화는 뒤에서 방울이 울리는 소리를 듣고 쌍추를 잠시 걸어놓은 다음, 곧 화룡표火龍標 표창을 꺼내 뒤쪽으로 획 던졌다.

표창은 번쩍이는 빛을 내며 날아가 진경의 목에 정확히 꽂혔다. 진경은 외마디 비명도 내지르지 못하고 앉은 자세 그대로 말에서 떨어졌다.

황천화는 그의 수급을 취하여 북을 울리며 군영으로 돌아왔다.

자아는 크게 기뻐하며 황천화가 적의 목을 벤 공훈을 적었다. 자아가 막 붓을 들어 벼루 위의 먹을 찍자 자신도 모르는 사이에 붓끝이 미끄러져 내려갔다.

'괴이하도다. 내 일찍이 이런 적이 한번도 없었는데 이 무슨 조짐이란 말인가, 혹시?'

그렇지만 추측만 할 뿐 말로 할 수는 없었다. 자아는 한동안 말없이 있다가 다시 붓을 들어 황천화의 첫번째 공을 적었다. 이는 결국 황천화의 단 한 번뿐인 공로였기 때문에 이와 같은 경보警報가 있었던 것이다. 그의 스승이 이 일을 미리 알고 게를 써주었으니 하늘의 도는 참으로 신통한 바가 있었다.

한편 천자진영의 정탐병이 공선의 진막으로 들이닥쳐 알렸다.

"원수께 아뢰오. 진경이 기회를 놓쳐 황천화에게 목을 베여 영문에 효수되었나이다."

공선은 전혀 동요하는 기색이 없이 오히려 웃으며 말했다.

"진경 자신이 무능했으니 죽어도 아까울 게 없다."

다음날 이번에는 손합孫合이 출진하여 서주군영에 이르러 싸움을 걸었다. 자아가 명을 전했다.

"누가 나가서 맞붙겠는가?"

무길武吉이 응답하여 말했다.

"제자가 가기를 원합니다."

자아가 이를 허락했다. 무길이 군영을 나서자 금갑홍포金甲紅袍에 누런 말을 타고 큰 칼을 찬 장수 하나가 나는 듯이 진 앞에 이르러 큰소리로 물었다.

"네놈은 누구냐?"

무길이 대답했다.

"나는 강 원수 휘하의 우초선행관 무길이다."

손합이 웃으며 말했다.

"네가 바로 무길이라는 놈이구나. 강상은 일개 낚시꾼이고 네놈은 일개 나무꾼이렷다. 스승과 제자 너희 두 놈이야말로 '낚시꾼과 나무꾼의 문답'이란 한 폭의 그림 꼴 그대로구나!"

무길이 크게 성을 내며 말했다.

"이런 버르장머리 없는 놈! 감히 어디에다 대고 주둥이를 놀려 희롱하느냐!"

어금니를 갈아가며 창을 꼬나들고 선제공격을 했다. 손합이 칼을 들어 급히 이를 막아냈다. 살기충천한 일대

접전이 벌어졌다. 30합을 맞붙었으나 승부가 나지 않자, 무길이 창을 거두고 거짓으로 패한 척하며 달아났다.

손합은 무길이 패주하는 것을 보고 나무꾼 주제에 무슨 능력이 있겠는가 싶어 바짝 뒤를 쫓았다. 그러나 그는 자아가 반계磻溪에서 무길에게 전해 준 창에 신출귀몰한 묘함이 있다는 것을 알 리가 없었다.

무길은 이미 손합이 쫓아오고 있다는 것을 알고 말고삐를 잡아당겨 급히 말을 세웠다. 그러자 손합은 너무 빨리 달려오다가 그만 무길이 내민 창에 정면으로 가슴팍을 찔렸다.

무길은 재빨리 손합의 수급을 취했다. 북을 울리며 군영으로 돌아가 자아에게 공을 알리자, 자아가 크게 기뻐하며 무길의 공을 적었다. 이것을 보고 있던 나타가 잔뜩 격앙되어 어쩔 줄 몰라하며 자기가 출진하여 죽이지 못한 것을 한탄하고 있었다.

천병 정탐병이 군영에 들어와 보고했다.

"손합이 기회를 놓쳐 무길의 거짓 후퇴에 속아 죽임을 당해 마찬가지로 그들 영문 앞에 효수되어 있으니 어찌하면 좋겠습니까?"

공선이 보고를 듣더니 좌우에게 일러 말했다.

"내가 조칙을 받들어 정벌을 나섰는데, 너희는 종군하

여 공을 세워야 함에도 뜻밖에 연달아 두 번이나 패하다니 내 마음이 답답하구나. 오늘은 누가 출진하여 공을 세우겠느냐?"

옆에 5군구응사 고계능高繼能이 있다가 말했다.

"제가 가겠나이다."

공선이 분부했다.

"필히 조심하도록 하라."

고계능이 말에 올라 창을 높이 들고 군영 앞에 이르러 싸움을 걸었다. 보고가 들어오자마자 옆에 있던 나타가 앞으로 나서며 황급히 말했다.

"제자가 가겠나이다."

자아가 이를 허락했다.

나타가 기세 좋게 풍화륜에 올라 앞에 붉은 깃발 하나를 들고 마치 바람이 불구름을 막아가듯 앞으로 달려갔다.

고계능이 큰소리로 외쳤다.

"나타는 서둘지 말라!"

나타가 기쁜 기색으로 말했다.

"네가 내 이름을 알고 있다니 신통하구나. 일개 졸개로 쓰기는 아깝도다. 그런데도 왜 일찌감치 말에서 내려 목숨을 구하지 않는가?"

고계능이 나타를 보고 크게 웃으며 말했다.

"네 도술이 보통을 넘는다고 들어왔다만 오늘에야 비로소 네놈을 잡을 수 있겠구나."

나타가 말했다.

"네놈이 이름이라도 밝혀야 공로부에 네놈 수급을 적을 수 있을 게 아니냐?"

고계능이 대노하여 다짜고짜 창을 휘두르며 파고들었다. 나타가 화첨창으로 급히 막아냈다. 풍화륜과 말이 빙빙 돌고 두 창이 나란히 맞들려졌다.

고계능은 나타와 대접전을 벌이면서 상대가 선수를 쓸까 두려워 슬그머니 창을 거두고 곧 달아났다. 나타는 이번에야말로 자신이 공을 이루게 되었다고 생각했다. 즉시 공중을 향해 건곤권을 던졌다.

고계능은 자신의 비기 오봉대蜈蜂袋 자루를 미처 펴지도 못했는데, 예기치 않게 나타의 권술圈術이 재빨리 펼쳐지는 바람에 그만 어깻죽지를 얻어맞았다. 그는 말안장에 몸을 엎드린 채 달아났다.

나타는 완전한 공을 세우지 못해 언짢은 마음으로 군영으로 돌아와 아뢰었다.

"제자는 완전한 공을 거두지 못했으니 문죄를 청하나이다."

자아는 빙긋이 웃으면서 나타의 공을 공로부에 올려

주었다.

고계능은 나타에게 패하여 진영으로 돌아가서 공선에게 있었던 일을 모두 말했다. 공선이 아무 말 않고 단약丹藥을 몇 개 가져다 고계능의 상처에 붙여주었다. 신기하게도 단약은 금방 효험을 발휘했다.

다음날 공선은 중군에 명하여 포를 울리게 하고는 직접 대규모의 인마를 이끌고 나아갔다. 진 앞에 이르러 기문장旗門將에게 말했다.

"그대 주장에게 나오라고 전해 주게."

보초병이 군영으로 들어가 보고했다.

"공선이 원수님을 청하고 있나이다."

자아가 명을 내려 팔건장八健將에게 출진을 준비토록 했다. 커다란 붉은 보독기를 펄럭이며 자아는 좌우에 네 명의 선행관과 여러 제자들을 기러기 날개처럼 배열시켰다. 자아가 사불상을 타고 진 앞에 나가보니 공선의 모습이 듣던 것과는 크게 달랐다.

자아는 공선의 등 뒤에 청·황·적·백·흑의 순서로 다섯 빛줄기가 있는 것을 보고 마음에 의혹이 생겼다. 공선이 말에 채찍을 가해 군영 앞으로 와서 물었다.

"당신은 자아가 아니시오?"

"그렇소."

"당신네는 본래 은천자의 신하였는데, 어찌 반역하여 망령되이 스스로 왕이라 칭하고 제후들을 모아 하늘을 거스르며 거짓된 마음으로 본토를 지키지 않소? 나는 지금 조칙을 받들어 토벌에 나선 몸이니, 당신들이 속히 병사를 퇴각하여 신하의 절개를 삼가 지킨다면 집과 나라를 보전할 수 있을 것이오. 만일 조금이라도 지체할 경우 서토를 거름밭으로 만들어버릴 것이니 그때는 후회해도 늦을 것이오."

"천명이란 수시로 변하는 법이니 오직 덕이 있는 자만이 천명에 거할 수 있소. 옛날 요임금에게는 단주丹朱라는 아들이 있었으나 불초한 까닭에 제위를 순에게 선양하셨소. 순임금에게도 상균商均이라는 아들이 있었으나 역시 불초한 까닭에 우에게 제위를 선양하셨소. 우임금에게는 계啓라는 현명한 아들이 있어 부왕의 뜻을 능히 이을 수 있었으나, 우임금께서는 선대의 관례를 존중하시어 다시 익益에게 선양하셨소. 그러나 오히려 천하백성들의 마음은 익이 아니라 계에게 쏠렸소. 다시 한참 뒤에 제위가 걸桀에게 전해졌소. 걸왕이 무도해지자 성탕께서 하夏나라를 정벌하시고 마침내 천하를 다스리셨소. 그러던 것이 이제는 천자에게 전해졌소. 그러나 천자는 지금 음란과 포학에 빠져 덕을 더럽힌 지 오래되어 하늘이 노하시고 백성이 원망하니 사해의 의론이 떠들썩하오. 지금 덕은 우리 주나라에 있는지라 삼가 하늘의 형벌을 행하려는 것이오. 그런데 장군은 어찌하여 천리에 순응하여 우리 주나라에 돌아와 함께 폭군을 벌하려 하지 않소?"

"네가 감히 신하로서 임금을 치면서도 하늘을 거스르는 것이 아니라 하여 민심을 어지럽히고 반역을 일삼다가, 이제는 천자의 군대마저도 거역하고 나서니 참으로 가증스럽도다!"

말을 몰아 칼을 휘두르며 공격해 들어왔다. 자아의 뒤에서 홍금洪錦이 있다가 말을 달려나오며 크게 외쳤다.

"공선, 무례하기 이를 데 없구나, 내가 간다!"

공선은 홍금이 말을 몰아오는 것을 보더니 큰소리로 욕을 해댔다.

"역적놈 같으니! 네놈이 감히 나에게 대들어!"

홍금이 말했다.

"천하의 8백 제후가 이미 모두 주나라에 귀의해 왔으니 그대가 충신이라고는 하나 아무 일도 할 수 없을 것이다."

공선이 크게 노하여 칼을 흔들거리며 곧장 짓쳐드니 두 마리 말이 뒤엉켰다. 몇 합에 이르지 않아 홍금이 기문둔갑旗門遁甲을 써서 칼을 아래로 한번 내리긋자 그 깃발이 하나의 문이 되었다. 홍금이 막 문으로 들어가려는데, 공선이 큰소리로 웃으며 말했다.

"좁쌀만한 구슬이 광채를 발해봐야 얼마나 되겠는가?"

공선은 말을 빙그르르 돌려 왼쪽 황광黃光을 아래로 한번 비춰 홍금을 흔적도 없이 제거해 버렸다. 마치 모래 한 알이 대해 속으로 들어간 듯하여 한 필의 빈 말만 덩그러니 남았다. 자아 좌우의 대소 장군들은 모두 눈이 휘둥그레져서 할 말을 잃었다.

공선은 다시 말을 몰아 자아를 공격해 왔다. 자아는 검을 들어 급히 막아냈고, 옆에 있던 등구공이 이를 도왔다.

십오륙 합의 큰 접전을 벌였다. 자아는 타신편을 써서 공선을 치려 했으나, 그 채찍은 이미 공선의 홍광 속에 떨어져 마치 돌이 물에 가라앉듯 했다. 자아는 크게 놀라 황망히 후퇴명령을 내리도록 했다. 양편이 각각 군영으로 돌아갔다.

자아는 군막에 올라앉아 깊은 생각에 잠겼다.

'이 자의 뒤에 있는 다섯 갈래 빛이 오행의 상태를 띠고 있다. 분명 술수를 부리는 것이로다. 그나저나 홍금을 잡아갔는데 길흉을 알 수 없으니 이를 어쩐다지?'

다시 생각을 가다듬었다.

'공선이 승리의 기세를 타고 자만해 있을 테니, 오늘 밤 그의 군영을 급습하여 한번 혼내주고 나서 방법을 강구하는 것이 좋겠다.'

자아는 나타에게 명했다.

"그대는 오늘밤 공선의 대군영을 급습하라. 그리고 황천화 그대는 좌군영을 급습하고, 뇌진자 그대는 우군영을 급습토록 하라. 먼저 그들의 군세를 꺾어놓고 나서 완전히 깨뜨릴 묘계를 사용한다면 틀림없이 성공할 것이다."

세 사람은 명을 받고 물러갔다.

한편 공선은 좌우에 명하여 정신을 잃고 땅바닥에 쓰러져 자고 있는 홍금을 후군영에 가두게 했다. 그런 다음 타신편을 거두고서 막 후영을 물러나오려 할 때였다. 갑자기 일진광풍이 불어와 장수깃발을 연이어 서너 차례 말아올렸다. 공선이 크게 놀라 손가락을 짚어 헤아려보더니 이내 그 속사정을 눈치챘다. 황망히 고계능高繼能을 불러 분부했다.

"너는 좌영문에 매복하고 주신周信은 우영문에 매복하라. 오늘밤 자아가 우리 군영을 급습하러 올 것이다. 다만 강상이 직접 오지 않는 것이 아까울 따름이다!"

2경이 가까워지자 포성이 한 번 울리더니 세 길의 병

사들이 일제히 소리를 지르며 은나라의 대군영으로 짓쳐들었다. 나타는 수레에 올라 창을 꼬나잡고 영문을 돌파하여 살기띤 모습으로 중군영에까지 이르렀다. 공선은 홀로 군막 속에 앉아 있다가 조금도 당황하거나 서두르지 않은 채 말에 올라 크게 웃으며 말했다.

"나타, 네놈이 군영을 급습했으나 틀림없이 사로잡힐 터이니, 지난번처럼 승리를 거두리라고는 아예 생각하지 말라!"

나타 역시 공선의 사나움을 알 리 없었다. 그리하여 크게 성을 내며 욕설을 퍼부었다.

"네 이놈, 귀가 있으면 똑똑히 들어둬라! 내 오늘 기필코 네놈을 사로잡고야 말겠다!"

창을 치켜들고 선제공격을 가하니 중군에서 맞붙은 그들을 떼어놓기조차 어려웠다. 이때 뇌진자가 공중에서 날아와 우군영을 공격하자, 주신이 기다렸다는 듯이 나와 큰 접전을 벌였다. 뇌진자는 풍뢰風雷의 두 날개를 펄럭이며 공중으로 날아올랐는데, 공중에 있었고 또 깊은 밤이었기 때문에 주신은 뇌진자를 똑똑히 볼 수 없었다. 주신은 뇌진자가 내리친 몽둥이에 정수리를 정통으로 맞아 골수가 흘러나와 비명에 죽었다. 뇌진자가 중군영으로 날아가 보니 나타가 공선과 큰 싸움을 벌이고 있었다.

뇌진자가 대갈일성하자 벽력이 이는 듯했다. 공선이 재빨리 황광을 위로 뿌려 먼저 뇌진자를 사로잡았다. 이를 보고 나타가 막 몸을 빼려고 했으나, 이번에는 공선이 백광白光을 뿌려 나타마저 쓰러뜨렸는데 어느 곳으로 사라졌는지 알 수가 없었다.

황천화는 외마디 죽음의 소리가 나는 것만 듣고 허실은 살피지도 않은 채 옥기린을 재촉하여 좌군영으로 돌진해 들었다. 문득 포성이 들리더니 고계능이 한 필의 말에 몸을 맡기고 선두에 나섰다. 두 사람이 한밤의 접전을 벌이는데 한 마디 대꾸도 없이 그저 기린과 말이 엇갈리고 창과 추가 서로 허공을 갈랐다.

황천화의 추는 참으로 대단했다. 두 자루 추가 창끝에 맞으니 불꽃이 튀고 번뜩이는 살기가 간담을 서늘케 했다. 야간접전이었는데도 황천화의 두 자루 추는 유성流星처럼 땅에 떨어지지 않았으며 먼지조차 묻지 않았다.

마침내 고계능은 창을 거두고 말머리를 돌려 달아났다. 황천화는 옥기린을 재촉하여 쫓아갔다. 그러나 그는 고계능에게 비장의 무기가 있음을 알지 못했다. 그저 제 힘만 믿고 달려들 뿐이었다.

어느 순간 고계능이 오봉대蜈蜂袋를 펴니, 지네와 벌들이 한데 말아올라가 둥그런 무더기를 이루어 마치 메뚜

기처럼 날아들었다. 칠흑 같은 밤이었는지라 미처 눈치 채지 못한 탓이었다. 황천화는 두 추를 써서 황급히 막아냈으나, 오봉이 옥기린의 눈을 한 차례 무는 것까지 막지는 못했다.

기린이 길게 한번 소리를 지르더니 뒷발굽으로 멈춰서서 앞발굽을 수직으로 세우니, 황천화는 그만 땅바닥에 고꾸라지고 말았다. 이를 본 고계능이 그냥 놔둘 리 없는 일, 재빨리 창을 벗겨 옆구리 아래를 정확히 찌르니 황천화는 비명에 죽고 말았다. 하나의 혼이 또 봉신대로 가고 만 것이다.

가련하게도 황천화는 하산하여 사천왕四天王을 대파했으나 성탕의 작은 땅뙈기 하나 얻지 못하고 죽었던 것이었다. 그러나 어찌하리? 황천화는 이미 청허도덕진군이 그의 길흉을 점친 것에서 크게 벗어날 수 없었으니.

공선이 병사를 거둬들여 밤새껏 살육하니 산언덕과 들판에 시체가 널리고 풀잎마다 피로 젖었다. 군영에 돌아온 공선이 군막에 올라 오색신광五色神光을 한번 흔드니 나타와 뇌진자가 땅에 쓰러져 있는 것이 보였다. 공선은 좌우에 명하여 그들을 또한 후영에 가두도록 했다. 고계능이 황천화의 수급을 베었노라고 알렸다. 공선이 기뻐하며 분부했다.

"대군영 밖에 효수하라."

한편 자아는 밤새도록 잠을 이루지 못한 채 이리저리 뒤척이다가 문득문득 고개 위에서 천지가 뒤집히는 듯한 소리를 듣곤 했다. 그렇게 밤을 새우고 날이 밝자, 정탐병이 군영으로 들어와 알렸다.
"원수께 아뢰오. 적진을 습격하러 간 세 장수 가운데 황천화의 수급이 이미 대군영 밖에 효수되어 있으며, 나머지 두 장수는 간 곳을 모르겠습니다."
자아가 크게 놀랐다. 황비호가 듣고 방성대곡하며 말했다.
"천화가 죽다니! 성탕의 조그만 공로도 취하지 못하고 너의 훌륭한 재주가 무용지물이 되었구나!"
세 형제와 두 삼촌, 그리고 모든 장수들이 눈물을 떨어뜨렸다. 무성왕은 꼭 술에 취한 사람처럼 정신을 차리지 못했다. 자아는 눈물이 솟구치는 것을 애써 삭이며 고개를 돌렸다. 대장군의 직위만 아니라면 아무 데서건 펑펑 눈물을 뿌리며 울고 싶은 심정이었다.
남궁괄이 말했다.
"황 장군마저 이러시면 아니됩니다. 아드님께서는 나라를 위해 몸을 바쳤으니 그 이름이 청사에 길이 남을 것입니다. 바야흐로 지금 고계능이 좌도의 오봉술蜈蜂術을 쓰고 있는데, 장군께서는 어찌하여 숭성의 숭흑호崇黑虎를 청하지 않습니까? 그는 이런 좌도의 술수를 능히 깰 수 있을 것입니다."

황비호는 이 말을 듣고 곧 군막에 올라 자아를 만나서 상의했다.

"제가 직접 숭성으로 가서 숭흑호를 청하여 제 아들의 한을 씻어주겠습니다."

자아는 황비호의 이 같은 비통함과 절박함을 보고 즉시 이를 허락했다. 황비호는 군영을 떠나 숭성을 향해 대로로 나섰다. 저녁 늦게까지 길을 가고 새벽이 되면 길을 잡았다. 그렇게 가던 중 하루는 어느 산에 이르게 되었는데, 그 산 아래에 '비봉산飛鳳山'이라고 쓰여 있는 돌비석이 하나 있었다. 황비호가 막 그 곁을 지나려는데 귓가에 징과 북이 일제히 울리는 소리가 들렸다. 무성왕은 속으로 생각했다.

'어디에서 전고가 울리는 것일까?'

무성왕은 오색신우의 고삐를 당겨 산마루로 올라갔다. 내려다보니 산줄기의 우묵한 곳에서 세 장수가 싸우고 있었다. 그런데 한 장수는 오고탁천차五股托天叉라는 깍지를 사용하고, 다른 한 장수는 팔릉숙동추八楞熟銅鎚라는 쇠망치를, 그리고 나머지 한 장수는 오조란은조五爪爛銀抓라는 끌개를 사용하고 있었다.

세 장수의 싸움은 한눈에도 살기가 등등하여 차마 떼어놓을 수 없을 것처럼 보였다. 그런데 별안간 깍지를 사용하던 장수가 끌개를 사용하던 장수와 합세하여 쇠망치를 쓰던 장수를 죽이려 했다. 얼마를 그렇게 싸우더니 이번에는 다시 쇠망치를 쓰던 장수가 깍지를 쓰던 장수와 합세하여 끌개를 쓰던 장수를 죽이려 했다. 세 장수는 간간이 "하하!" 하고 크게 웃음을 터뜨리기도 했다. 황비호는 신우를 타고 앉은 채 곰곰이 생각했다.

'이 세 사람은 무슨 일로 죽이는 것을 놀이로 삼고 있을까? 앞으로 가서 그 까닭을 물어봐야겠군.'

황비호가 앞으로 나아갔다. 그러자 깍지를 쓰던 장수가 붉은 봉황 같은 눈에 누에 같은 눈썹을 하고 왕복王服을 입은 채 오색신우를 타고 오는 황비호를 보더니 큰소리로 외쳤다.

"여보게들, 두 아우. 잠시 병장기를 멈추게나."

두 사람이 급히 싸움을 멈추었다. 깍지를 쓰던 장수가 말 위에서 몸을 굽혀 예를 갖추며 물었다.

"무성왕이 아니신지요?"

황비호가 놀라 대답했다.

"그렇습니다만, 제가 모르는 세 장군께서 어찌 저를 아시는지요?"

세 장수는 듣더니 말에서 구르듯이 내려와 땅에 엎드려 절을 했다. 황비호도 황망히 신우에서 내려 무릎을 꿇고 두 손으로 땅을 짚은 채 행하는 정례(頂禮)로써 응대했다. 세 장수는 절을 마치고 나서 입을 열었다.

"왕상, 방금 왕상의 모습을 뵙자마자 전날에 들었던 바와 같았기에 알아차렸나이다. 그런데 오늘 어인 일로 예까지 오셨나이까?"

이렇게 말한 다음 무성왕을 산 위로 초대하여 중군 군막으로 들어 객과 주인이 한자리에 앉았다. 황비호가 말했다.

"조금 전에 세분께서 싸우신 것은 대체 무슨 까닭입니까?"

세 사람은 몸을 굽히며 말했다.

"저희 형제 세 사람은 여기서 먹고 지내며 딱히 할 일이 없어 이를 빌어 놀이를 삼고 있었는데, 그만 뜻밖에 대왕의 여행길을 방해했으니 실례가 많았습니다."

황비호 역시 겸손히 사과하고 나서 물었다.

"세분은 성함이 어찌 되십니까?"

세 사람은 다시 몸을 굽히며 말했다.

"제 이름은 문빙文聘입니다. 그리고 이쪽은 최영崔英이고, 또 이쪽은 장웅蔣雄입니다."

이렇게 하여 비로소 '5악岳'이 서로 만나게 되었다. 문빙은 서악이요, 최영은 중악, 장웅은 북악, 황비호는 동악, 그리고 숭흑호는 남악이 되는 것이다.

문빙이 술을 차려 황비호를 대접하면서 물었다.

"왕상께서는 어디로 가시는 길입니까?"

황비호는 자아가 장수에 임명되어 천자를 정벌하러 나선 일에서부터 공선이 황천화를 죽인 일과 자기가 숭흑호를 청하러 가는 일에 이르기까지 쭉 말했다.

문빙이 말했다.

"그런데 숭 군후께서 오실 수 없을까 걱정입니다."

"장군께서는 어찌 그것을 아십니까?"

"숭 군후께서는 인마를 훈련시켜 진당관陳塘關에 들어가셔야 하며, 맹진에서 천하제후를 모이게 하셔야 하는데, 그 일에 방해될까 두려워 결코 오실 수 없을 것입니다."

"세 분을 만난 덕분에 헛걸음을 안 하게 되었습니다."

최영이 말했다.

"그렇지 않습니다. 문형의 말씀이 비록 사실이긴 하나, 숭 군후께서 진당관에 들어가시고자 해도 역시 주나라 무왕의 병사가 이르기를 기다리실 것입니다. 무성왕께서는 누추하지만 저희 움막에서 하룻밤 묵으시고 내일 저희 형제 셋과 함께 가시면, 필시 숭 군후께서 도우러 오실 것이며 결코 거절하실 이유가 없을 것입니다."

황비호가 매우 고마워하며 산채에서 하룻밤을 쉬었다. 다음날 네 장수가 식사를 마치고 함께 출발했다. 길에서는 서로 아무 말이 없었다. 쉬지 않고 달려 하루 만에 숭성에 도착했다. 문빙이 원수부에 이르자 수문관이 숭흑호에게 보고했다.

"군후께 아룁니다. 비봉산에서 세 분이 오셔서 뵙고자 합니다."

"모시도록 하여라."

세 장수가 전 앞에 이르러 예의를 갖추어 행하고 나서 최영이 말했다.

"밖에 무성왕께서 기다리고 계십니다."

숭흑호는 이 말을 듣더니 황급히 계단을 내려와 영접하며 말했다.

"왕상, 제가 그만 왕상께서 친히 오신 것을 모르고 영접에 실례했으니 부디 용서를 바라나이다."

황비호가 말했다.

"갑자기 원수부를 찾아와 이처럼 직접 뵙게 되니 실로 저의 크나큰 행운입니다."

손님과 주인의 예에 따라 차례대로 앉았다. 서로 인사를 나누고 나서 문빙이 황비호의 일을 쭉 이야기했다. 숭흑호는 한숨만 쉴 뿐 아무 말도 하지 않았다.

최영이 말했다.

"인형께서는 꼭 우선 진당관에 들어가셔야만 합니까? 지금 강 원수께서 금계령에서 가로막혀 있으니, 인형께서 혹 먼저 진당관에 들어가서 맹진에 이르게 되시더라도, 또한 무왕께서 도착하시기를 기다리셔야만 비로소 제후들과 회합할 수 있습니다. 그렇게 하면 너무 늦지 않겠습니까? 저의 어리석은 생각으로는 먼저 고계능을 쳐서 자아의 병사를 들어가게 한 연후에 인형께서 진당관으로 병사를 들어가게 해도 늦지는 않을 것입니다. 아무래도 서로 연관되어 있는 일이니까요."

숭흑호가 말했다.

"이렇게 된 이상 내일 곧 떠나겠습니다. 세자 숭응란崇應鸞에게 삼군을 훈련시키도록 맡기고, 우리들은 공선을 격파하고 나서 다시 병사를 일으키러 와도 늦지 않을 것입니다."

황비호가 고마움을 표했다. 숭흑호는 곧 주연을 베풀어 황비호 등 네 명을 대접했다.

다음날 새벽 북이 네 번 울릴 때 말들을 일으켜, 이

른바 '5악'이 숭성을 떠나 금계령을 향해 큰길로 나아갔다. 하루가 지나지 않아 '5악'은 자아의 대군영 밖에 당도했다.

황비호가 먼저 군막에 이르러 배알하자 자아가 물었다.

"숭흑호의 일은 어찌되었습니까?"

"숭흑호뿐 아니라 세 분을 더 얻었습니다. 지금 모두 대군영 밖에서 명을 기다리고 있습니다."

자아가 명했다.

"초청깃발을 올려 네 분을 모두 드시게 하라."

숭흑호 등이 모두 명을 좇아 군막에 올라 인사를 하며 말했다.

"원수, 평안하십니까? 갑옷을 입었으므로 저희들은 온전한 예의를 차릴 수가 없습니다."

황망히 맞으러 내려간 자아가 그들을 붙들고 말했다.

"군후 등께서는 모두 귀한 손님이신데 어찌 이렇게 저를 당황케 하십니까?"

피차 겸손하게 양보하다가 손님과 주인의 예에 따라 순서를 정했다. 자아가 말했다.

"지금 공선이 창궐하여 대병을 일으키고 어진 제후들을 수고롭게 할 뿐 아니라, 이르는 곳마다 휩쓸고 다녀 그 죄악이 심히 깊습니다!"

숭흑호가 사과하며 몸을 일으키고 자아에게 말했다.

"원수께서 수고로우시겠지만 저를 무왕께 알현시켜 주십시오."

자아가 앞서서 길을 안내하고 숭흑호가 뒤를 쫓아 뒤의 군막으로 들어가 상견례를 가졌다. 서로 인사를 마치자 숭흑호가 말했다.

"지금 대왕께서 친히 하늘의 어지신 뜻을 받들어 백성을 도탄에서 구하시고 포악무도한 독부獨夫를 치시고자 하는데, 공선이 스스로 덕을 헤아리지도 않은 채 감히 천병을 가로막고 있으니, 이는 스스로 죽음을 불러들이는 것일 뿐이므로 곧 멸망시켜야 합니다."

"짐은 힘이 부족하고 덕이 적으나 여러 왕상들의 분에 넘치는 칭송을 입고서 함께 의로운 군대를 일으켜 지금 처음으로 기주를 출발했소이다. 이제 이와 같은 장벽에 가로막혀 있으니 이는 필시 하늘의 뜻이 아직 허락지 않는 듯하오. 이에 병사를 돌이키어 자신의 덕을 더 닦음으로써 후일을 기약코자 하는데 어떻겠소?"

"대왕, 그렇지 않습니다! 지금 천자는 그 악이 가득 차서 인신人神이 함께 분노하고 있는데, 어찌 공선 따위의 옴벌레 같은 무리들이 천하제후의 마음을 막을 수 있겠나이까? 때를 놓쳐서는 아니됩니다! 대왕께서는 절대로

장사의 굳은 마음을 흐트러뜨리지 마소서."

대왕이 감사를 표하고 좌우에게 술을 따르게 한 뒤 숭흑호와 함께 여러 잔을 마셨다. 다음날 숭흑호는 화안금정수火眼金睛獸에 올라 좌우에 문빙·최영·장웅 등을 대동하여 고갯마루에 올라가 오직 고계능과의 싸움을 청하며 답을 기다렸다. 공선이 이 소식을 듣고 곧 고계능에게 명했다.

"속히 서병西兵을 퇴각시키라."

고계능이 군영을 나서자마자 큰소리로 꾸짖어 말했다.

"숭흑호, 네 이놈! 네놈은 북로北路의 반란자이거늘 어찌 서기를 도와 악을 일삼는가? 네놈들이 한곳에 모여 있으니 한꺼번에 사로잡으면 우리들 심기의 불편을 덜 수 있겠구나."

숭흑호가 말했다.

"맹랑한 놈, 생사도 모르는 놈 같으니! 사면팔방이 모두 천자를 비난하고 있는 데도 아직도 천명을 모르는구나! 전날 황공黃公의 목을 벤 놈이 바로 네놈이렷다!"

고계능이 껄껄거리며 말했다.

"나타와 뇌진자도 이와 같지 않았거늘, 네놈에게 무슨 능력이 있기에 감히 내게 시비를 건단 말이냐?"

곧 말을 몰아 창을 겨누며 파고들었다. 숭흑호는 수

중의 도끼를 꼬나들고 정면으로 부딪쳤다. 금정수와 말이 엇갈리고 창과 도끼가 난무했다. 몇 합에 이르지 않아, 문빙은 푸른 갈기를 한 청총마靑驄馬를 몰아나오며 오고차五股叉를 휘둘렀다. 최영은 누런 범 같은 황표마黃彪馬를 몰아왔고, 장웅은 검푸른 털에 흰 털이 섞인 오추마烏騅馬를 휘몰아오니, 네 장수가 고계능을 완전히 포위하게 되었다.

결국 고계능은 한 자루의 창으로 네 가지 병기를 상대하게 된 것이다. 삼군이 소리치고 무수한 깃발들이 펄럭이기 시작했다.

이때 황비호는 중군의 군막에 있었는데, 자아가 진동하는 북소리를 듣고 황비호에게 말했다.

"황 장군! 숭 군후가 장군을 위해 와주었으니 장군도 출진하여 돕는 것이 옳을 듯합니다."

황비호가 그제야 정신을 차린 듯 정색하며 말했다.

"제가 아들 녀석을 생각하느라 그만 넋이 나가 일을 잊을 뻔했습니다."

곧 오색신우에 올라 창을 꼬나든 채 살기등등하게 진영을 나서며 목청껏 외쳤다.

"숭 군후! 아들을 죽인 저 원수놈을 잡으러 내가 왔소이다."

신우를 탄 채 한번 훌쩍 솟구치더니 이내 싸움터 속으로 섞여들었다.
　고계능은 한 자루 창으로 '5악'과 맞서 싸우며 막아내야 했다. 이것이 바로 훗날 사람들이 일컬어 '오악이 흑살黑殺과 싸우다'라고 하는바 그대로였다.

準提道人收孔宣

준제도인이
공선을 거두다

고계능은 비록 '5악'에 포위당했다고는 하나 실로 만만치가 않았다. 한 자루의 창을 갖고 은빛 이무기처럼 몸을 엎치락뒤치락하며 비바람을 불러모으는 등 심히 사람을 놀라게 했다.

그렇지만 지구전으로 갈수록 고계능의 한 자루 창으로는 황비호의 노창蘆鎗, 문빙의 천차天叉, 최영의 은추銀鎚, 숭흑호의 판부板斧, 장웅의 신조神抓 이 다섯 병기를 당해낼 수 없었다. 또한 포위망을 빠져나올 수도 없어서 고계능은 몹시 당황하고 있었다.

갑자기 장웅이 끝개에서 황금새끼줄을 슬쩍 당기자, 고계능은 공중으로 말을 솟구쳐 포위망을 벗어나 달아나기 시작했다. 숭흑호 등 다섯 사람이 뒤를 추격했다. 고계능이 오봉대를 휙 집어던졌다. 헤아릴 수도 없이 많은 지네와 벌이 떼로 몰려오며 하늘과 해를 가리고 마치 소낙비처럼 날아왔다. 문빙이 깜짝 놀라 말고삐를 돌려 도망가려 하자 숭흑호가 외쳤다.

"걱정할 것 없으니 놀라지 마시오. 내가 여기 있소."

숭흑호가 급히 등 뒤에 있던 붉은 호로병 뚜껑을 여니, 속에서 한 줄기 검은 연기가 꾸역꾸역 뿜어져 나왔는데, 그 연기 속에는 천여 마리의 철취신응鐵嘴神鷹 수리매가 숨어 있었다.

그 천 마리의 수리매가 연기를 타고 날아오르니, 기세 좋게 날아오던 지네와 벌떼가 맥을 못 추었다. 신응의 날개는 놋가위 같고 뾰족한 부리는 금바늘 같아서, 날개로 치니 가루처럼 부서지고 부리로 쪼니 금방 수정으로 변해 버렸다.

숭흑호의 철취신응은 고계능의 지네와 벌떼를 날개로 치고 부리로 쪼아 일시에 깨끗이 먹어치워 버렸다. 고계능이 대노했다.

"감히 내 술법을 깨뜨리다니!"

그는 다시 돌아와 싸웠다. 다섯 사람이 고계능을 포위했다. 고계능은 창법이 서서히 어지러워지면서 마침내 말을 달려 진영을 빠져나가려 했다. 그러나 한 발 앞서 황비호의 창이 계능의 옆구리를 찔러들어 말에서 나동그라지게 했다.

황비호가 외쳤다.

"이제야 내 아들이 편히 눈감을 수 있게 되었도다!"

황비호 등이 고계능의 수급을 베어 매달고 진영으로 돌아가려는데, 갑자기 '5악'의 뒤에서 큰소리로 외치는 소리가 들렸다.

"못된 놈들! 잠시 멈춰라, 내가 왔다."

다섯 장수가 돌아보니 공선이 와 있었다. 황비호가 냅다 욕을 해댔다.

"공선! 네놈은 천시를 알지 못하니 너야말로 못된 놈이로다!"

공선이 비웃으며 대꾸했다.

"내가 한가하게 초개같은 네놈들과 한담이나 나눌 시간이 없다. 달아날 생각일랑 말고 말을 몰아오너라!"

칼날을 번득이며 문빙에게 달려들었다. 숭흑호가 급히 쌍도끼를 들어 막아냈다. 마치 차바퀴처럼 돌아가며 여섯 기마장수들이 교전하니 살기가 충천했다.

공선은 이 다섯 장수들의 병기가 매우 사납다는 것을 알았다.

'얼른 손을 쓰지 않았다간 오히려 당하겠는걸.'

그리하여 등 뒤의 오도광화五道光華를 재빨리 흩뿌리자, 다섯 장수들이 순식간에 그림자도 없이 사라졌고 다섯 마리 말만이 남아서 진영으로 돌아갔다. 자아가 정좌하고 있는데 탐사관이 와서 보고했다.

"다섯 장군께서 고계능을 베어오는 도중에 공선의 화광에 의해 사라져 버렸습니다. 어찌해야 좋을지 명을 내려주십시오."

자아가 크게 놀라 말했다.

"비록 고계능을 죽이긴 했지만 도리어 다시 다섯 장군이 꺾이다니! 행동을 잠시 중지하고 기회를 기다리도록 하라."

한편 공선이 자기 진영으로 들어가 신광神光을 한번 흔들자 다섯 장수가 나와 땅바닥에 쓰러졌으나 아직 혼미한 상태였다. 좌우에 분부하여 후군영에 가두도록 했다.

이때 공선의 좌우에는 단 한 명의 장수도 없이 오직 그 혼자뿐이었다. 그는 싸움을 걸 수 있는 형편이 아니었다. 공선은 다만 모든 요충로를 틀어막고만 있었다. 자아군 또한 지키고만 있는 그곳을 어떻게 지나갈 수 있단 말인가?

이 무렵 자아 군의 식량운송 책임관인 양전이 대군영 앞에 이르러 의아해 하며 말했다.

"아니, 아직까지 이곳에 전병력이 주둔해 있다니."

양전이 보고절차를 마친 뒤 군막에 올라 예를 마치고 아뢰었다.

"독운관 양전이 삼가 아룁니다. 군량 3천5백 석을 다 그쳐 가져왔습니다. 기한을 어기지 않으려고 무척 서둘렀사온데 이후는 무슨 일을 할지 말씀해 주십시오."

"공이 크도다. 반드시 나라에 큰 보탬이 될 것이니라."

"하온데 누가 이곳을 가로막고 있습니까?"

자아가 황천화의 죽음에서부터 많은 수령장수들이 사로잡혀 간 일에 이르기까지 한 차례 죽 설명해 주었다. 양전은 황천화가 이미 죽었다는 말을 듣고 북받치는 슬픔을 차마 견디지 못했다.

'뜻을 세워 도심道心을 일렁이는 바다에 넣었으나, 오히려 무명의 장수에게 당하고 말았구나. 사천왕을 쳐부순 공적도 간데없이 성탕의 땅 한 뙈기조차 밟지 못했도다.'

양전이 슬픔을 애써 참으며 말했다.

"내일 원수께서 친히 진 앞에 나가시면 제가 살펴보겠

습니다. 공선이 꾸미는 괴상한 것이 무엇인지를 알아 법술로써 이를 퇴치하겠나이다."

"그렇게 하는 것이 좋겠다."

양전이 군막에서 내려오자, 남궁괄과 무길이 그에게 말했다.

"공선이 무성왕과 홍금·나타·뇌진자 장군 등을 어디로 잡아갔는지조차 모르고 있소."

"내게 아직 종남산에 돌려보내지 않은 조요감照妖鑑이 있소. 내일 원수께서 병사를 모으시면 곧 그 단서를 알 수 있을 것이오."

다음날 자아는 여러 문도들을 데리고 군영을 나섰다. 순찰하던 군졸이 중군으로 들어가 보고했다. 공선은 보고를 듣고 나와서 다시 자아를 만났다.

"너희들이 까닭없이 반란을 일으켜 요상한 말로 민심을 어지럽히고 천하제후들을 미혹시키며 망령되이 병사를 일으켜 맹진에서 천하의 역적들과 회합을 가지려 하는가본데, 나는 너와 서로 죽이며 싸우고 싶지 않다. 나는 단지 네가 지나가지 못하도록 길만 막고 있으면서 네가 과연 어떻게 성공을 할 수 있는지 보겠다. 너희들의 식량이 바닥날 때를 기다렸다가 너를 잡아가도 늦지 않을 테니 말이다."

이때 양전은 기문旗門 아래에서 조요감으로 공선을 비춰보고 있었다. 거울 속에는 오색으로 꾸민 듯한 마노瑪瑙 하나가 앞으로 뒤로 구르고 있었다. 양전은 속으로 생각했다.

'이게 도대체 뭐란 말인가?'

공선은 양전이 자기를 비춰보고 있다는 것을 알아차리고 껄껄대며 말했다.

"양전, 그 조요감을 갖고 좀더 앞으로 나와서 비춰보아라. 그렇게 멀리서 비춰보면 어디 똑똑히 보이겠느냐? 대장부라면 마땅히 정정당당하게 일을 해야지, 그렇게 몰래 숨어서 하면 되냐! 어디 실컷 비춰보아라!"

양전은 공선의 말을 듣고 곧 군진 앞으로 달려나와 거울을 들어 공선을 비추었다. 그렇지만 마찬가지였다. 양전은 주저했다.

공선은 양전이 아무 말 없이 조요감을 계속 비추고 있는 것을 보고 마음속으로 크게 노하여 말을 몰아 칼을 흔들며 달려들었다. 양전이 삼첨도三尖刀로 급히 막아냈다. 칼들이 엇갈리어 오가고 두 마리 말이 빙글빙글 돌며 30합을 싸웠으나 승부가 가려지지 않았다.

양전은 앞서 거울로 비춰도 그의 본래 모습을 볼 수 없었고, 이제 싸움을 통해서도 승부가 날 것 같지 않자 마음이 매우 조급해졌다. 서둘러 법술로 공중에 효천견을 불러냈다. 그 효천견이 막 공선을 향해 내려오려는데, 갑자기 자기 자신의 몸이 가벼이 날아서 신광 속으로 떨어져 들어가는 것이었다.

위호가 양전을 도우러 와서 급히 항마저를 써서 내리치려 할 때, 공선이 또 신광을 뿌렸다. 양전은 전세가 불리한 것을 깨달았으며, 공선의 신광이 대단하다는 것을 알고 금광金光을 타고 달아났다. 이때 위호의 항마저는 어느새 홍광紅光 속으로 떨어져 들어갔다.

공선이 큰소리로 외쳤다.

"양전, 나는 네놈에게 72가지의 현기가 있어 변화를 잘할 수 있는 줄 알았는데, 어찌하여 도망간단 말이냐? 다시 나와서 내게 덤벼보지 않겠느냐?"

현기玄機란 도가에서 말하는 현묘한 이치이다.

위호는 보저寶杵를 잃자 몸을 깃발 아래 숨긴 채 어리둥절해서 쳐다보고만 있었다. 공선이 큰소리로 외쳤다.

"강상! 오늘 너와 자웅을 겨뤄야겠다!"

공선이 말을 달려 싸우러 왔다. 자아의 뒤에 있던 이정이 대노하여 욕설을 퍼부었다.

"이런 개 같은 놈을 봤나! 감히 어디라고 이따위 짓거리를 하느냐!"

쌍갈래 창인 극을 흔들며 앞을 향해 뛰어들어 공선의 칼을 막아냈다. 두 장수가 또 무시무시한 접전을 벌였다. 이정이 도술로써 삼십삼천三十三天의 영롱한 금탑金塔을 아래로 내려보냈다. 그러나 공선이 황광黃光을 한번 비틀자 금탑은 자취도 없이 사라졌다.

공선이 외쳤다.

"이정은 도망가지 마라! 네놈을 사로잡고야 말겠다!"

이정은 결국 사로잡히고 말았다.

금타와 목타는 부친이 사로잡힌 것을 알고 둘이서 네 자루 보검을 들고 날듯이 달려와 소리쳐 욕했다.

"공선, 이 역적놈 같으니! 감히 우리 아버님을 다치게 하다니!"

형제 둘이 검을 들어 내리찍었다. 공선이 수중의 칼로 급히 막아냈다. 겨우 3합을 겨루고 나서 금타는 둔룡장遁龍椿을 사용하고 목타는 오구검吳鉤劍을 사용하여 모두 공중에 던졌는데, 공선은 이것들을 별로 대수롭지 않게 여기며 모두 홍광 속으로 떨어뜨렸다.

금타와 목타는 전세가 불리해지자 도망갈 틈을 기다리다가 공선이 다시 뿌린 신광에 의해 그만 잡혀갔다.

자아는 이렇게 한 번에 여러 문도들이 꺾이는 것을 보자 마음속으로부터 분노와 증오가 끓어올랐다.

"내가 곤륜산에서 얼마나 많은 고명지사를 만났는지 모르는데, 어찌 네깐 놈 공선 따위를 무서워할 줄 알았느냐!"

사불상을 몰아 달려 공선과 싸웠다. 서너 합이 되지 않아 공선은 청광靑光을 아래로 휙 뿌렸다. 자아는 신광이 무섭게 다가오는 것을 보고 급히 행황기를 펼쳤다. 그러자 그 기에서 천 송이의 연꽃이 나타나 몸 주위를 보호하여 막자 청광은 더 이상 내려오지 못했다.

공선이 대노하여 질주해 달려들었다. 이때 자아의 뒤에 있던 등선옥이 잔뜩 성이 나서 오광석 하나를 휙 집어던졌다.

공선은 등선옥이 던진 돌에 안면을 얻어맞았다. 공선이 황급히 말고삐를 돌려 자신의 본영으로 도망해 가는데, 또 용길공주가 난비보검鸞飛寶劍을 공선의 등짝을 바라고 던졌다. 공선은 왼쪽 어깨에 검을 맞고 외마디 비명을 지르며 자칫 말에서 떨어질 뻔했다.

통증을 참으며 가까스로 진영으로 패해 들어간 공선은 군막에 앉아 급히 단약을 상처에 발라 치료했다. 그런 다음 이내 신광을 한번 흔들어 여러 법보法寶를 거두고는 이정과 금타·목타 등을 감금했다.

자아는 징을 울리며 군사를 거두어 진영으로 돌아왔

다. 그런데 양전이 벌써 중군에 와 있었다. 자아가 군막에 올라 물었다.

"여러 문인들이 모두 붙잡혀 갔는데 그대는 어떻게 돌아왔는가?"

"저는 스승의 묘법과 사숙의 복력에 의지해서 공선의 신광이 무서운 것을 보고 미리 금광金光으로 변화하여 있다가 도망해 왔습니다."

자아는 양전이 살아 돌아온 것을 보자 그런 대로 한 가닥 마음에 위안이 되면서도 여전히 근심을 씻을 길이 없었다.

그제야 자아는 원시천존의 게偈가 생각났다.

'내 스승의 게 중에 '계패관界牌關 아래서 주선誅仙을 만나리라'고 했는데, 어찌하여 여기서 이런 인마를 만나 이토록 지체한단 말인가? 이 같은 경우 어찌해야 한단 말인가!'

이렇게 근심에 쌓여 있는데, 대왕이 시어관을 보내 자아에게 뒤 군막으로 오도록 했다. 자아가 급히 뒤 군막에 이르러 예를 행하고 앉았다.

대왕이 하교했다.

"듣자니 원수께서 연일 승리를 얻지 못하고 게다가 병사와 장수들도 많이 잃는다 하더이다. 원수는 여러 장수들의 우두머리가 되었으니, 60만의 생명이 모두 원수의 손에 달려 있다는 것을 알 것이오. 지금 신임하던 천하의 제후들이 도리에 어긋나게도 하루아침에 갑자기 의론을 일으켜 사방의 제후들을 규합하고 맹진에서 회합하여 은나라의 정치를 살피겠다고 함으로써 천하를 떠들썩하게 하고, 만백성들은 흉흉해져서 어찌할 바를 모르고 있소. 또한 여기서 병사가 가로막히고 여러 장수들이 포로가 되는 액을 만나 삼군은 헤아릴 수 없는 근심에 쌓여 있소. 60만 군사가 부모와 처자식을 버렸으니 양쪽 모두 근심으로 편안히 살 수 없지 않소? 짐 또한 모친 슬하를 멀리 떠나 아들 된 예를 다할 수 없으니 이 또한 선왕의 말씀을 어기는 꼴이 되었소. 원수는 짐의 말을 듣고 회군하여 본토를 굳게 지키며 천시를 기다리는 것이 나을 것이오. 다른 사람들의 말을 들어보아도 그렇게 하는 것이 상책일 듯싶은데, 원수의 생각은 어떻소?"

자아는 속으로 기분이 언짢았으나 입을 열어 이렇게 말했다.

"대왕의 말씀도 합당하오나 신은 천명을 어길까 두렵습니다."

대왕이 말했다.

"천명이 있을진대 어찌 꼭 억지로 이루려 한단 말이

오? 또 천명이라고 한다면 어찌 일마다 막히고 거슬린단 말이오?"

자아는 대왕의 이런 말에 마음이 미혹되고 움직여 이번에는 자신의 뜻을 끝까지 고집할 수 없었다. 예를 갖추어 인사를 드린 다음 총총히 빠져나왔다. 자아는 깊이 한숨을 쉬며 생각했다.

'천명이 과연 어떠하단 말인가? 아직 때가 아니란 말인가?'

전영前營에 이르러 선행관에게 명했다.

"오늘밤 군사를 철수시키도록 하라."

뭇 장관將官들은 짐을 꾸리고 떠날 준비를 하면서 감히 간하지 못했다. 2경 때 대군영 문밖에 육압도인陸壓道人이 와서 황급하게 외쳤다.

"강 원수에게 전하시오!"

자아는 막 회병하려다가 군정관의 보고를 받았다.

"원수께 아뢰오. 육압도인이 대군영 문밖에서 뵙고자 합니다."

자아가 급히 나가 영접했다. 두 사람은 손을 맞잡고 군막 안으로 들어가서 앉았다. 자아는 육압도인을 보고 탄식을 그치지 못하며 말했다.

"도형께서는 어인 일로 이리도 당황하여 안절부절 못

하십니까?"

육압도인이 말했다.

"듣자니 그대가 병사를 퇴각시킨다기에 내 이리 황급히 쫓아온 것이오."

육압도인이 계속 말을 이었다.

"절대로 병사를 퇴각시키면 안되오. 만일 병사를 퇴각시킬 때에는 여러 문인들 모두가 횡사당할 것이오. 하늘의 운수가 이미 정해졌으니 결단코 어그러뜨릴 수 없소."

자아는 육압도인의 이렇듯 단호한 말투를 듣고 또한 주장을 고집할 수 없어 다시 명을 내렸다.

"대소 삼군으로 하여금 전과 같이 진영에 주둔케 하라."

대왕은 육압도인이 왔다는 소리를 듣고 급히 군막에서 나와 그간의 일들을 상세히 물었다.

육압도인이 말했다.

"대왕께서는 하늘의 뜻을 모르고 계십니다. 대저 하늘은 법도를 갖춘 큰 인물을 내시나니 응당 그런 사람이라야 세상을 다스릴 수 있습니다. 지금 만일 퇴병시킨다면 사로잡힌 장수들은 하나도 살아 돌아오지 못할 것입니다."

대왕은 이 말을 듣고 감히 퇴병하겠다는 말을 더 이상 하지 못했다.

다음날 공선이 대군영 밖에 이르러 싸움을 걸자 중군영에 알렸다. 육압도인이 앞으로 나서며 말했다.

"빈도가 한번 공선을 만나보고 어떠한지를 알아보겠습니다."

육압도인이 대군영 밖을 나서니 공선이 갑옷과 투구로 치장을 한 채 서 있었다.

육압도인이 물었다.

"장군이 바로 공선이오?"

"그렇소."

"그대는 큰 장수이면서 어찌 천시天時와 인사人事를 알지 못하시오? 지금 천자가 무도하여 천하가 나뉘어 있는 터이니 원컨대 이 독재자를 함께 치도록 합시다. 그대 혼자서 천의天意를 되돌릴 수는 없는 일이오. 갑자일甲子日이 바로 천자를 멸해야 하는 때인데, 당신이 어찌 천시를 무시하고 막아낼 수 있겠소? 만일 고명한 도인이 나타나 그대가 이토록 실수를 한다면 그때 어찌될지는 자명한 일이오."

공선이 웃으며 말했다.

"말라비틀어진 개뼈다귀 같은 놈이 무슨 천시나 인사를 안다고 깝죽대느냐!"

칼을 뽑아들고 육압도인에게 달려들었다. 육압도인

은 수중의 검으로 급히 이를 막아냈다. 서로 맞붙기를 대여섯 합이 되지 않아 육압도인은 갈대를 취해 참선비도斬仙飛刀로 쓰려고 했다. 이때 공선이 오색신광을 육압도인에게 뿌렸다. 육압도인은 그 신광이 사납다는 것을 알고 있는지라 황급히 긴 무지개로 변하여 달아났다. 육압도인이 진영으로 돌아와 자아에게 말했다.

"과연 사납소. 어찌나 신기한지 그 정체를 알아낼 수 없었소. 빈도도 지금 긴 무지개로 변해 황망히 도망쳐 오는 길이니 다시 의논해 봅시다."

자아가 듣더니 더욱 번민에 싸였다. 공선은 대군영 어귀에서 돌아갈 생각을 하지 않고 내쳐 소리질렀다.

"삼군을 고생시킬 필요 없이 강상은 얼른 나와서 나와 자웅을 겨루어 이 자리에서 끝장을 내자!"

좌우에서 중군에 들어와 알렸으나 자아는 정말 어찌해야 좋을지를 몰랐다. 대군영 밖에서 소리치는 공선의 목소리는 여전히 우렁찼다.

"강상은 원수의 이름만 있느냐? 원수가 취해야 할 도리도 모르는 자가 어찌 원수이며, 이토록 피하기만 하니 어찌 대장부라 할 수 있겠느냐!"

이처럼 대군영 밖에서 온갖 욕설을 퍼붓고 있을 때, 이운관 토행손土行孫이 때마침 대군영 밖에 이르렀다가 공선이 마구 지껄여대는 것을 보고 마음속으로 크게 노했다.

'이런 망할 놈의 자식이 감히 우리 원수를 모욕해?'

토행손이 큰소리로 맞받아 욕했다.

"이 역적놈은 도대체 누구냐? 어디다 대고 이따위로 지껄이느냐!"

공선이 고개를 돌려보니 한 작달만한 자가 쇠몽둥이를 하나 들고 있는데, 키는 삼사 척에 지나지 않았다.

공선이 웃으며 말했다.

"네놈은 또 어디에서 굴러먹던 개뼈다귀이기에 갑자기 나타나 뚱딴지 같은 소리를 하느냐?"

토행손은 아무 대꾸도 않고 곧 공선의 말 아래로 굴러들어 쇠몽둥이를 올려쳤다. 공선이 둥근 칼로 이를 막았다. 토행손은 영리하게 요리조리 도망치면서 공선의 힘을 뺐다. 토행손은 공선이 이처럼 약해진 것을 눈치채고 곧 한 마장 벗어나 유인하면서 말했다.

"공선, 네가 말 위에 있어서 싸움을 제대로 할 수 없으니, 말에서 내려와 겨룬다면 내 틀림없이 네놈을 사로잡을 것이다. 어디 한번 내려와 보시지!"

공선은 원래 토행손을 안중에도 두지 않았던 터라 이 말에 그만 넘어가고 말았다.

'이놈이 정말 죽으려고 환장했군! 칼을 쓸 것도 없이 그냥 한 발로 걷어차 두 동강을 내고 말리라.'

공선이 입을 열어 말했다.

"내가 말에서 내려 네놈을 상대해 줄 테니 어디 맛 좀 봐라!"

공선이 말에서 내려 손에 쥐고 있던 칼을 내리쳤다. 토행손은 쇠몽둥이로 이를 막아냈다. 두 사람은 대굴대굴 구르며 고개 아래까지 내려가 싸움을 벌였다.

이때 정탐병이 중군에 들어와 알렸다.

"원수께 아뢰오. 이운관 토행손이 식량을 운반해 오다가 대군영 밖에 이르러 공선과 큰 싸움을 벌이고 있습니다."

자아는 운량관이 사로잡혀 보급로가 막힐까봐 걱정하며, 급히 서둘러 등선옥에게 명하여 나서게 했다.

토행손과 공선의 교전은 대체로 토행손 쪽이 우세했다. 그는 땅에서 싸우는 데 습관이 되어 있는 반면, 공선은 말 위에서의 싸움에 능한 장수였기 때문에 아무래도 몸놀림이 여의치 않았다. 결국 몇 차례 토행손에게 얻어 터지고 말았다.

공선은 자신의 실수를 알아차리고 황망히 오색신광을 아래로 뿌렸다. 토행손은 오색신광이 번쩍이며 빠르게 다가오는 것을 보고 그 신기로움과 무시무시함을 알아차렸다. 그는 급히 몸을 한번 비틀어 곧 보이지 않게 했다.

공선은 급히 땅 밑을 내려다보았다. 그때 어느 틈엔가 와 있던 등선옥이 돌멩이 하나를 던지며 소리쳤다.

"이 역적놈, 돌맛 좀 봐라!"

공선은 돌이 날아오는 소리가 난다 싶어 얼른 고개를 돌렸으나 이미 돌은 얼굴에 명중된 뒤였다. "아이쿠!" 소리와 함께 두 손으로 얼굴을 감싸쥐며 몸을 돌려 달아났다. 등선옥은 기회를 틈타 다시 돌멩이 하나를 공선의 목덜미에 명중시켰다. 공선은 중상을 입고 제 진영으로 도망쳤다.

토행손 부부는 크게 기뻐하며 군영으로 돌아갔다. 자아 역시 기뻐하며 토행손에게 말했다.

"공선의 오색신광이 어떤 것인지 모르겠지만 우리 장수 여럿을 사로잡아 갔네."

토행손이 말했다.

"과연 무시무시하게 사납습니다. 다시 대책을 강구하도록 하겠습니다."

자아는 토행손의 큰 공을 축하해 주었다.

공선은 진영 안에 들어와 크게 괴로워했다. 얼굴을

두 차례나 얻어터져 중상을 입은 데다 목에도 상처가 나 있었다. 화가 치밀 대로 치밀었으나 어찌하랴.

공선은 곧 단약을 먹었으므로 상처는 하룻밤 새에 모두 나아 있었다. 아침이 되자 그는 말에 올라 돌을 던졌던 여장수에게 돌멩이 세례의 원수를 갚고자 했다.

정탐병이 중군에 들어와 보고했다. 등선옥이 출진하려고 하자 자아가 말했다.

"그대가 나가면 안되네. 돌을 던져 그를 세 차례나 맞혔으니 그가 가만두려 하지 않을 것이야. 그대가 지금 나가면 틀림없이 불리할 것은 불보듯 뻔해."

자아는 등선옥을 저지한 뒤 다음과 같이 분부했다.

"잠시 면전패免戰牌를 내걸도록 하라."

공선은 주나라 진영에 면전패가 걸려 있는 것을 보고 노기를 삭이지 못한 채 돌아갔다.

다음날 연등도인이 대군영에 당도했다. 군정관이 중군에 들어와 알리자, 자아가 황망히 대군영 밖으로 나가 영접했다. 군막으로 들어와 예를 마친 뒤 윗자리에 앉게 했다. 자아는 그를 깍듯이 '스승'이라고 칭하면서 공선의 일을 하나하나 진언했다.

연등도인이 말했다.

"내 모두 다 알고 있소. 그래서 오늘 특별히 그를 만나러 온 것이오."

자아는 명을 내려 면전패를 내리도록 했다. 공선은 면전패가 제거되었다는 소식을 듣고 급히 대군영 문 앞에 이르러 결전을 청했다. 참으로 급한 성질이었다.

연등도인이 표연히 나타나자 공선은 그를 알아보고 웃으며 말했다.

"연등도인, 당신은 청정한 곳에서 노니는 도인으로 도행이 깊은 걸로 알고 있는데, 어찌 이런 홍진紅塵에서 화를 일으키려 하시오?"

연등도인이 말했다.

"그대는 내 도행이 높고 깊다는 것을 알았으면, 마땅히 창을 버리고 귀순해서 주나라 무왕과 함께 5관에 들어와 독재자를 칠 일이지, 어찌 미혹된 채 깨닫지 못하고 감히 헛소리를 한단 말인가?"

공선이 크게 웃으며 말했다.

"나는 지기知己를 만나지 않으면 말을 하지 않소. 당신은 스스로 도행이 높고 깊다 하지만 당신은 내 근본이 무엇인지도 모르고 있구려. 내 말할 테니 들어보시오."

천지가 처음 나뉠 때 내가 세상에 나와,
양의兩儀와 태극太極을 찾아 구했네.

지금 생생生生의 이치를 깨달았으니,
삼승三乘의 오묘함 속에서 노닐지 않네.

삼승三乘은 불교에서 중생을 태우고 생사의 바다를 건널 때 쓰는 세 가지 교법이다.

공선이 말을 마쳤으나 연등도인은 금방 생각이 떠오르지 않았다.

'이 자는 원래 무슨 물건이었는데 득도를 했다는 건지 모르겠군.'

연등도인이 말했다.

"그대가 이미 흥망을 알고 현묘한 이치에 깊이 통달했다면, 어찌 천명을 알지 못하고 게다가 하늘을 거역하기까지 하는가?"

"그건 당신네들이 백성을 미혹시키려는 말에 불과하오. 하늘의 자리는 이미 정해져 있건만 도리어 어찌 반역을 바른 이치로 여긴단 말이오?"

"이런 얼간이 같으니! 혼자 잘난 척 억지를 부리며 큰소리치고 털끝만큼도 생각하는 게 없으니 이제 필경 쓰디쓴 후회가 있게 되리라!"

이 말을 듣고 공선이 대노하여 칼을 휘두르며 연등도인에게 달려들었다. 연등도인도 "제법이군!" 하면서 보검으로 이를 막아내며 겨우 이삼 합을 맞붙는가 싶더니, 연등도인이 갑자기 24알의 정해주定海珠로 공선을 후려쳤다. 공선이 급히 신광을 한번 뿌리자 그 보주는 신광 속으로 떨어져 들어갔다.

연등도인이 크게 놀라 이번에는 다시 자금발우紫金鉢盂의 도술을 부렸다. 그러나 이번에도 역시 신광 속으로 떨어져 들어갔다. 연등도인이 크게 소리쳤다.

"제자는 어디에 있는가?"

갑자기 허공 속에서 일진광풍이 일면서 그 속에서 한 마리의 커다란 붕조鵬鵰가 나타났다. 공선은 이를 보고 황급히 이마 위의 투구를 매만져 바로 썼다. 그러자 한 줄기 붉은 빛이 곧장 위로 올라가더니 공중에 가로놓였다.

공중에 오른 연등도인이 눈동자를 고정시키고 혜안慧眼으로 살펴보나 등선의 실체는 명백히 보이지 않았고, 단지 공중에서 하늘과 땅이 무너지는 소리만 들릴 뿐이었다. 두어 시간 있다가 한 차례 굉음이 들리더니 공선이 그 커다란 붕조를 쳐서 땅에 떨어뜨렸다. 공선은 말을 재촉해서 다가와 신광을 연등도인에게 뿌렸다.

연등도인은 황급히 한 줄기 상서로운 빛을 빌어타고 진영으로 돌아왔다. 자아를 만나 그 지독함을 설명하면서도 그가 어떤 인물인지는 모르겠다고 했다. 바로 이때 커다란 붕조도 군막 앞까지 따라왔다. 연등도인이 대붕 大鵬에게 물었다.

"공선이 어떤 놈이기에 득도를 했느냐?"

대붕이 말했다.

"제자가 공중에 있을 때 오색의 상서로운 구름이 그의 몸을 호위하고 있는 것을 보았는데, 두 개의 날개를 지닌 모습이었던 듯합니다만 그것이 무슨 새인지는 알지 못하겠습니다."

이런 말을 주고받는 사이에 군정관이 와서 알렸다.

"한 도인이 대군영 밖에 와서 뵙기를 청합니다."

자아가 연등도인과 함께 영접하기 위해 대군영 밖에 이르렀다. 그 도인은 양쪽으로 머리를 틀어올리고 황금빛 얼굴에 몸은 호리호리했다. 틀어올린 머리카락에는 꽃을 한 송이 꽂았고 수중에는 나뭇가지 하나를 쥐고 있었다. 연등도인이 오는 것을 보더니 크게 기뻐하며 말했다.

"도우는 안녕하시오!"

연등도인이 황망히 머리를 조아리며 물었다.

"도형께서는 어찌 이쪽으로 길을 잡으셨습니까?"

도인이 말했다.

"나는 서방에서 오는 길인데 동남 두 곳에 만날 사람이 있었소. 지금은 공선이 대병을 막아 거스르고 있는 것을 알고 특별히 그를 깨우치러 온 것이오."

연등도인은 그가 서방교西方敎의 도인인 것을 알고 급히 그를 군막 안으로 들도록 청했다. 그 도인은 속세의 번거로움과 살기등등함과 사람들의 눈빛 가득한 살기를 보고는 입속으로 '좋아! 좋아!'라는 말만을 되풀이했다. 군막 앞에 이르러 예를 갖추고 자리에 앉았다. 연등도인이 물었다.

"빈도가 듣기로 서방은 바로 극락향極樂鄕이라고 알고 있는데, 지금 동쪽으로 오시어 중생을 제도하시려 함이야말로 자비방편慈悲方便이라고 하겠습니다. 하온데 도형의 함자는 어찌되십니까?"

도인이 말했다.

"빈도는 서방교의 준제準提라 합니다. 지난날 광성자 도우가 우리 서방에 청련보색기靑蓮寶色旗를 빌리러 왔을 때 빈도를 만난 적이 있습니다. 오늘 공선이 우리 서방과 인연이 있어 특별히 그와 함께 극락향으로 가려고 온 것입니다."

연등도인이 이 말을 듣고 크게 기뻐하며 말했다.

"도형께서 오늘 공선을 거두어 굴복시키신다면, 이야말로 주나라 무왕께서 동진하실 수 있는 좋은 시기가 될 것입니다."

준제도인이 말했다.

"공선이 득도하여 근본행실이 심중하니 서방과도 인연이 있는 것입니다."

준제도인은 말을 마치고 공선을 만나기 위해 마침내 진영을 나섰다.